未成年。

かわい有美子

幻冬舎ルチル文庫

CONTENTS ✦目次✦未成年。

✦カバーデザイン＝吉野知栄（CoCo.Design）
✦ブックデザイン＝まるか工房

イラスト・金ひかる✦

未成年。

一章

Ⅰ

環状線のオレンジ色の車体が、玉造《たまつくり》駅のホームに滑りこむ。

薄く加工した黒の学生鞄《かばん》を網棚からつかむと、水瀬智宏《みなせともひろ》は扉が開くと同時に、駅の階段を二段飛びにかけ降りていった。

私立、公立を含め、四校ほどの学生が利用するため、いつも学生でごった返している朝の改札は、十分ほど早いぶんだけ、空いて見える。

遅刻まぎわの時間ではなかった。

いつもの場所で、いつものメンツと顔を合わせないために、水瀬は改札を早めに通ったのだった。

申し合わせたわけではなかったが、普段は自然に仲間同士が集まる改札前の柱に目をやりもせずに素通りする。

駅の西側の商店街へと抜けようと、売店前を通りかかった時だった。

「すみません」

ふいに背後から高めの声と共に、黒の詰め襟の袖《そで》をつかまれた。

水瀬が眉間《みけん》に皺《しわ》を残したままで振り返ると、エレミア女子学院の制服を着た華やかな容姿の女の子が立っていた。

今でこそ珍しくもない、グレーのジャンパースカートにエンブレム付きの紺のブレザーという制服だが、エレミア女子学院では昭和四十年代からこのデザインを採用しており、エレミア女子の生徒達が代々誇ってきた。独特のデザインのスカートは、制服規定で膝上《ひざうえ》丈のミニと定められているところも人気だった。

これさえ着てさえいれば、十倍は可愛《かわい》く見えると周辺男子校に評判のこの制服が着たくて、エレミア女子に来たという少女達も珍しくはない。

柔らかくきれいな栗色にブリーチした背中までのまっすぐな髪を持つその少女も、ミニスカートをさらにぎりぎりの際どい丈まで詰め、すらりとした脚を惜しげもなく出して誇らしげに立っていた。

「私、笹村《ささむら》美香《みか》っていいます。毎朝、改札を通るあなたのこと、かっこいいなぁって思って見てたの。よかったら、友達になってくれないかなぁ」

薄めにおろした前髪を、眉《まゆ》の上で無造作に切っても、それで十分にさまになるほどの美少女だった。申し出を断られるとは少しも思っていない口調で、自分の魅力を十分に熟知しているらしい少女は、上目遣いに水瀬を見上げる。

いかにも少女らしい傲慢《ごうまん》さが、今朝の水瀬にはひどく癇《かん》にさわった。自分の可愛らしさに絶対的な自信を持っている相手の態度も、癇にさわった。

ここ数日、自分なりの悩みで手一杯で、今朝も朝っぱらからひどくザラついた気分の水瀬は、そんな少女の自信たっぷりの態度にむしょうに苛立《いらだ》つ。

「…友達って、何するの？」

少し伸びかけた前髪を片手でかき上げ、水瀬はかなりぶっきらぼうな声で言った。

ややきつめのきれいな二重の目と形のいい細めの鼻梁《びりょう》、そして小さめの顎《あご》とを持つ水瀬の整った顔立ちは、頼りないわけでも、中性的なわけでもないのに、男としても女としても、見目よいと評されるのに十分なものがあった。

少し意志の強そうな眉と、女性的な丸みのない薄めの唇とが、年相応の少年っぽい凜々《りり》しさと清潔感とを造り、柔和な印象を片鱗《へんりん》もなくしてしまって、いっそ潔いほどだった。

「とりあえずは、お話ししたいなぁ」

水瀬の不機嫌そうな声にも少しもたじろいだ風もなく、その笹村美香という少女は小首をかしげ、微笑《ほほえ》んだ。

朝からめんどくさいのにつかまったもんだと、肩をすくめかけた水瀬を、面白半分に振り返りながら、同じ綾星学院《りょうせいがくいん》の制服を着た生徒達が抜いてゆく。

市内に男子校は数あれど、とりわけガチガチのガリ勉型の堅物が揃《そろ》っているとありがたく

ない評判をとる綾星では、こんな光景自体が生徒の中でも浮き上がって見える。

「これ…」

少女はポケットから、小さなメモをとりだした。

テディベアのかかれた少女趣味なそのメモには、電話番号らしき数字が並んでいる。

「私の携帯の番号。よかったら、かけてきて」

笹村と名乗った少女は、さりげないが物慣れた滑《なめ》らかさで水瀬の手を取り、小さな紙片を握りこませる。

ファンデーションをのせない素肌に、赤いルージュだけをひいた唇がアンバランスで、奇妙な違和感をもたせるのだと、にっこり笑う少女の顔に目をやった水瀬は気づいた。

「…ああ…」

きっと自分が可愛いと確信している、きっと電話はかかってくると信じきっている、少女のその青い傲慢さにしらけながらも水瀬が頷《うなず》くと、エレミア女子の少女は踵《きびす》を返し、柱の陰で見ていた仲間らしい少女達の群れと一緒にキャアキャアと歓声を上げながら、行ってしまった。

しばらく立ち止まったまま、その少女達の群れを見ていた水瀬は、やがて手に押しつけられたメモを丸めると、脇《わき》のくず入れに投げ入れる。

駅を出ると、いつもの商店街を通り、大通りを一本入った、いつもの街並みを抜けて学校へと向かう。

少女に声をかけられた以外は、普段とまったくかわりない、新緑の眩《まぶ》しい五月の下旬、風の涼しい朝だった。

いつもと違うのは、水瀬の胸に巣喰《すく》った重い不信感。ただ、それだけだった。


水瀬が大阪府下でも進学校の誉《ほま》れ高い、綾星学院の高等部に入ったのは、今年の四月のことだった。

地元、西宮《にしのみや》の公立中学でそう成績の悪い方でもなかった水瀬は、親のすすめに従って綾星を受けた。

偏差値以外は、ごく平均的な私立男子校である綾星は、中等部と高等部を持ち、中等部からの持ち上がり組である内部組と、高等部からの外部組とで一学年、計五クラスを持っていた。

端整な容姿と人なつっこい性格をもつ水瀬は、早々にクラスに馴染《なじ》み、仲の良い友人もでき、五月半ば、絶望的に男ばかりの教室という以外には、前途はかなり明るく開けているように見えた。

気がゆるんできたのか、六月の衣替えまであと二週間というところで風邪をひきこみ、三日間寝込んだ。

休み明けの翌日に、学校で行われた政治経済のテストで、水瀬は自分の周囲の環境に対する認識の甘さを思い知らされた。

テスト自体は、テスト前一週間分ほどの新聞を持参して、設問に答えるという、持ち込み資料さえあれば容易に解けるものだった。

しかし、政経のテストがあることは知らされていたが、持ち込みの新聞の一件を知らされていなかった水瀬は、皆が新聞を繰る音にじりじりと焦りながら、一時間を過ごさなければならなかった。

テスト後、どうして新聞のことを言ってくれなかったのだと尋ねた友人は、だって、授業中に言っていたじゃないか…と、眼鏡の奥を小狡《こずる》そうに歪《ゆが》めた。

テストの成績などはどうでもいい。

もともとどちらかというと理系に属する水瀬は、政経の授業自体をそんなに重くは見ていなかった。

それよりも、そうやってライバルを少しでも蹴落《けお》とそうという、友達だと信じていた仲間の心根が恐ろしかった。

自分が安穏《あんのん》と信じていたものに、何か泥を塗りたくられた気がした。

つき合いはまだ浅いが、いい仲間だと思っていた。小学校や中学校の友人達がそうだったように、これからも、十分仲良くやっていけると思っていた。新しく始まった生活を、何の疑いもなく信じていた。

思い返すたびに、戦慄《せんりつ》と、胸糞《むなくそ》の悪さが交互にやってくる。

仲間のあの眼鏡の奥の目の色が、何色だったのかがふいにわからなくなる。

水瀬は、もう、これまでの自分と同じ顔で、朝、彼らを待ちたくないと思った。

II

短距離のタイムを計る体育のあと、グランドの水飲み場で喉《のど》を潤した水瀬は、汗だくになった体操服を脱ぎ捨て、頭を水道の下に突っ込んだ。

六月を間近に控えた初夏の昼前、涼しかった朝とは対照的に、気温は一気に二十六度を記録していた。汗が滴《したた》るというほどではないが、ぎらつく太陽のせいで、手をついた水飲み場のコンクリートはかなり熱を持っていた。

降り注ぐひんやりした水が気持ちいい。水の下で髪をかきまぜながら、水瀬は頭の上に誰かが影を落としたのを感じた。

コックをひねり、濡《ぬ》れそぼった髪をかき上げながら顔を上げると、目の前にタオルが差し出される。

「…あ、…サンキュ」

相手をろくに確かめもせずにタオルに顔を埋《うず》めたあと、いささか乱暴に髪を拭《ぬぐ》いながら、ようやく相手の顔を見る。

この間の身体測定で一七六センチを越えた水瀬よりも、まだ少し背の高い、甘く整った顔立ちの男が、この学校の制服である金の七つボタンの詰め襟で立っていた。

「一—Eの水瀬だろう？　見たぜ、昨日の朝、ひどいことしてたなぁ」

水飲み場に向こう側から肘《ひじ》をつき、言葉ほどには咎《とが》めるつもりもないらしい男は、初対面の相手にもけして警戒心を持たせないだろう、好意的な笑顔を作った。

ゆるく癖のある、少し明るめの髪を持っている。

額《ひたい》に落ちかかった前髪と、横にかき上げてある髪の長さは絶妙な比率で、よくよく見れば、かなり計算してセットされているのがわかるが、様になってるなと思いこそすれ、嫌味だとは思わなかった。

少し目尻《めじり》のさがった気怠《けだる》そうな二重の目と整ったやさしげな目鼻立ちが、どことなく日本人離れしていて、襟許《もと》に金モールの校章のついた黒の詰め襟、金の七つボタンという特徴のある制服をスマートに見せる。

「エレミア女子の娘《こ》に携帯番号かなんか、渡されてたんじゃないのか？　受け取ったその手で、ゴミ箱に投げ入れただろう？」

どこかで見た顔だと男の甘い顔立ちを見上げていた水瀬は、昨日の朝の一件云々《うんぬん》で、相手に思い当たった。

毎朝、自分がクラスメートを待っていた、玉造駅の柱の向こう側、別の柱の横に立っている目立つ三人組のうちの一人だった。

長身ですらりとした印象のある優男《やさおとこ》らしい二枚目のこの青年と、さらにそれよりも背の高い、すっきりと男らしい容貌《ようぼう》の青年、そしてひとりだけ眼鏡をかけた、親しみやすい表情を持つ青年とで、周囲からそこだけ浮き上がって見えるほど目立つ。

野暮ったい進学校と評判のある綾星の中ではえらく洗練された雰囲気の三人を、同じ駅を使う女子校の生徒達がいつも意識しているのが、端《はた》から見ていてもわかるほどだった。

ありがたくないことに、進学校である綾星は、抜きんでた偏差値に比べて、生徒の方はいまひとつあか抜けない優等生ぞろいと、冴《さ》えないレッテルを貼《は》られている。

しかし、その三人組は、外部生に比べるとまだはるかにスマートなお坊ちゃん育ちが揃った、数少ない内部上がりなのだときいたことがある。

綾星学院の学校案内のパンフレットに載せられている『良識ある家庭の令息を預かり、健全なる教育を施す…云々』という謳《うた》い文句そのままに、内部組にはお坊ちゃん学校の典型たる面々が揃っているらしい。

創立当時にフランスの陸軍士官学校の制服を採用したという、外部生にはいまひとつしっくりと似合わないクセモノな制服を、さすがに嫌味もなくすっきりと着こなしている。

これが噂《うわさ》の内部生様かぁと、水瀬はしげしげと相手を観察したあと、手渡されたタオルで乱暴に髪を拭いながら、口を尖《とが》らせる。

「あんな皆通るような場所で番号もらっても、俺、見せもんじゃないし、知りもしない子に電話くれって言われても、話すようなこともないし」

嘘《うそ》ではなかった。いまどきと言われようが、頭が固いと言われようが、水瀬には話したこともない女の子にいそいそと電話するような真似が出来ない。

整った、女受けのする見栄えのいい容姿と愛想のよさを持っていながら、水瀬はその外見ほどには女の子ズレはしていなかった。

ついこの間までは、中学生だった身でもある。それなりにモテても、男女交際という呼べるほどのものもなかったし、まだ友達とつるんでいた方が楽しいことも多い。

「まぁ、俺もあんまり初対面の女の子に電話かけたりメールしたりってのは好きじゃないし、別にそれについてはなんとも思わないよ」

何がそうまで楽しいのか、青年は柔らかく目を細めて笑っている。

「えっと、あんた…」

水瀬はタオルを口許にあてがったまま、相手を見やった。

「一—Bの伊集院《いじゅういん》だよ。伊集院篤彌《あつひさ》」

「え？　あんた、俺と同い年？」

水瀬は前髪から滴《しずく》をたらしたまま、目を見張った。

目の前に立つ男は、どう見ても自分よりは年かさに見える。それは、いつも一緒にいるほかの二人に関しても同じだった。

毎朝見る時には、二年生か、三年生だと思いこんでいた。

「そう、同い年。知らなかった？」

水飲み場のコンクリートに、向こう側から身を預け、その上に頬杖《ほおづえ》をついたまま、伊集院は頷いた。

穏やかで耳に快い、いかにも女の子受けしそうな、ソフトな印象の声だった。そのせいで、エレミア女子の娘のことを言われた時も、さほど癇にさわらなかった。

「知らなかった。てっきり、上かと思ってた。…けど、それしても、伊集院篤彌って、すげー名前」

その軽めの容姿にそぐわない、重々しい名前に思わず唸《うな》る。

「あ、ごめんな、タオル。洗って返すわ」

ふと気づき、水瀬は手にしていたタオルをたたみかける。

「別にいいよ、それぐらい。それより、昨日、今日と、朝、いつものメンバーで行かずに、駅からひとりで先に行ってただろう？　何かあった？」

まるで今日の天気を尋ねるようなゆったりとした穏やかな口調で、伊集院はずっと水瀬を憂鬱《ゆううつ》にさせている問いをさらりと口にした。

笑いながら丹念にタオルをたたみかけていた水瀬は、手を止め、ゆっくりと顔を上げて、さっきと変わらず頬杖をついたまま、穏やかな笑顔を浮かべる伊集院を見る。

「気にさわったら、悪かったよ。ただ、いっつもあそこの柱のところで笑ってほかの連中と喋《しゃべ》ってただろ？　なのに、昨日も今日も、ひとりで学校に行くのが不思議に思えたから」

いつも女の子を口説くときにはこんな口調なのかと思えるほどのやさしさで、伊集院は言葉を続ける。それでも、なぜか白々しい同情や下心は見えず、嫌みのない温かさだけがその言葉の中に感じられた。

「ひとりって、別にいじめとかそんなんじゃないよ。なんか、いい年して、一緒に動くのが、うっとうしくなって…」

協調性がないために仲間はずれにされたなどとは思われたくなくて、水瀬は重ねて言いつのる。

そうなんだ…、と穏やかな相槌《あいづち》をうちながら、伊集院は水瀬の手からタオルを取り上げ、すでにたたんでくれていたらしい体操服を手渡してくる。

「水瀬、結構、しっかり筋肉ついてるな。もっと、細いのかと思ってた」

それ以上は何も聞かず、時計だけ見ると、そろそろ予鈴が鳴るからと、伊集院は水瀬を昇降口へとうながす。

「え、でもまだ俺、最低限ぐらいしか筋肉ついてないだろ。伊集院のほうが結構、かっちりした身体《からだ》してんじゃないか」

「男は身体が資本ですからね」

水瀬はふらりと声をかけにやってきたこの男に、自分が何年もつきあってきた友人であるかのような好感と信頼を覚えているのに驚きながら、肩を並べ、歩いた。

翌朝、改札を通り、定期を詰め襟の胸ポケットにしまいかけたところで、不意に水瀬は横合いから右手首をつかまれた。

「おはよう」

振り向くと、学生鞄を薄めに形を整えたものを小脇《こわき》に抱え、伊集院が立っている。伊集院ほどの長身ともなると、形のいい頭部や肩幅、身体全体とのバランスと鞄との釣り合いがうまく取れている。鞄を脇に抱えるという発想自体がなくて、一瞬、水瀬は唸った。

とにかくスマートでかっこいいという一言に尽きる。水瀬より上背があり、七つの金ボタンという黒の詰め襟も、横合いから手首をつかむ仕種《しぐさ》も何もかもが様になっている。

私立校の綾星は、この凝ったデザインの詰め襟には、黒の革靴を制靴として定めている。黒の指定のストレート・チップの革靴は丁寧に磨きあげてあるらしく、きれいな艶《つや》を持っていて、自分で靴など磨いたこともない水瀬にとっては慄《おのの》きの対象だった。

こいつなら、もしかして毎朝靴ぐらいは磨いてくるかも…、と水瀬は手首をつかまれたまま、伊集院を上目遣いに見る。

「おいでよ、友達が水瀬と喋ってみたいっていってる」

伊集院はあいかわらず、そつのない笑顔をその整った顔に如才なく浮かべていたが、水瀬を見る目は本当に楽しそうに見えた。昨日、五分ほど立ち話をしただけの男だったが、親しげな態度をとられて、悪い気はしない。

日本人離れした容姿の、人目を引く長身の男は、改札から溢《あふ》れる学生達の波を器用にわけ、しなやかな身のこなしで先に立ってゆく。

「ねぇ、あんた、えっらく顔がいいんだけど、ハーフか、クォーター？」

水瀬は男の背に、前々からずっと疑問だった無躾《ぶしつけ》な質問を投げる。それでも、声の中に含まれた邪気のなさに救われて、かえって親しげに聞こえるのが水瀬の得なところだった。

「いいや、顔はバタ臭いけど、完全に日本人」

伊集院は少しも気分を害した風もなく、楽しそうに振り返って答える。

伊集院に連れられ、ガラス張りになっているために明るい売店前の柱へ行くと、三人組のひとりであるロイドタイプの眼鏡をかけた男が、やはり伊集院と同じ程度の厚みに加工した学生鞄を脇に抱えて立っていた。

水瀬と目が合うと、ニィッと、目を細めて笑う。その笑い方が、なんとも親しげで人好きがする。

「おはようさん。浅井《あさい》です。浅井亨《とおる》、よろしく。いや、伊集院のやつが、前からおまえのこと気に入っててさ、おとついからひとりで学校行ってるとか、えらく気にしてるから、なら、声かけてくれれば…って言ったんだけど、まさか本当に連れてくるとはねぇ」

水瀬とほとんど身長の変わらない浅井は、どことなく日本人離れした顔立ちの伊集院とは異なり、あっさりとした、それでも悪くない顔立ちをしていた。三人で連れ立っていても、ひけを取らないわけだと思う。

特徴のある丸い眼鏡の奥には一重の切れ長の目があり、頭が切れそうだったが、三人の中ではまだもっとも年相応で、一番平均的な高校生らしい印象がある。

それでも、このなかなかクセモノの詰め襟をそれなりに着こなしているところあたりが、外部生の水瀬から見れば、なんとも内部上がりっぽい。

七つボタンは学生が制服を変形させるのを防ぐためとも陰口をたたかれているが、上質で厚手の黒のウールを用いた特徴のある制服を着てちゃんと背筋を伸ばし、適度な厚みに形を整えた学生鞄を小脇に抱えた彼らを見ると、確かに下手に制服を着くずすよりもはるかに洒落《しゃれ》っ気と、遊び心を感じた。

かっちりと定まったフォーマルウェアの中に遊び心を見いだす、英国貴族の心意気のようなものを見るようでもある。

「水瀬だっけ、こうやってみると、あんた、やっぱりカッコイイな。伊集院がやたらとかまうわけだわ」

「あんたこそ、もてそうな顔してるじゃないか。俺、この間、あんたが光英《こうえい》女子の子から手紙もらったの見てたよ」

水瀬はポケットに手を突っ込んだまま、上目遣いに浅井を見る。

手紙もらっても、光英じゃねぇ…、微妙に肩をすくめると、浅井は苦笑した。

「悪かったな、遅くなって」

不意に水瀬の背後から、低い声が響いた。

振り返ると、三人の中で、もっとも背が高く、一番男っぽい印象のある最後のひとりが立っている。

前から背の高い男だとは思っていたが、一八五センチ前後はあるらしく、平均よりやや高めの水瀬が見上げなければならないほどだった。

水瀬と目が合うと、不思議そうに目を細める。

「あ、こいつ、東郷《とうごう》ね。これだけ男臭い外見のくせに、下の名前が馨《かおる》ちゃんって、女の子みたいな名前なんだよ」

「あ、どうも、水瀬です」

伊集院の紹介に、軽く会釈すると、東郷です…と、低い響きのある声で、簡潔な会釈を返される。

やはり、人目を引いていたのは伊達《だて》ではないらしく、まっすぐな眉とまっすぐな鼻梁を持った、硬質の顔立ちをしている。

短めに刈り込んだ襟足には清潔感があり、まだ一年生であるくせに、大人と張り合うだけの十分な肩幅と身体の厚みとを持っていた。

ひとりだけ鞄を潰《つぶ》さず、きっちりと教科書を詰めた鞄を肩に無造作に担いでいる。

かといって、綾星の制服が似合わないわけではなく、東郷が着ると金のボタンが並ぶ詰め襟は、士官学校の制服を採用したという謳い文句そのままに、凜々しくもストイックにも見えた。

東郷は、三人の中では一番無造作で飾りけがなかったが、それでも十分に存在感がある青年だった。

「そろそろ、行こうか」

少し圧倒されて、いつまでも東郷を見上げている水瀬の肩を伊集院が押す。

「…あ、そろそろね」

初対面の自分を交えて、当然のように動き出した三人に、水瀬はやや面食らったが、もともとの外面の良さから、たちまちうちとけ、学校につく頃には、昼休みに学食に連れ立っていく話までをしていた。

この日から、そう誘いあわせたわけでもなく、水瀬は自然に朝立つ柱の位置を一本変え、クラスも違う三人と連れ立って学校へと向かうようになった。

III

綾星は、市内の私立の男子校にしては、校則の厳しいほうだった。服装や髪型、登下校に関してまで、事細かで面白味のない決まりが色々あった。

偏差値が高い以外にはこれといった特徴もないカトリックの男子校で、強いてあげれば、校舎の上にあるマリア像が、夜になると緑色にライトアップされて不気味だということぐらいだった。

月に二度ほど土曜日にミサが行われ、週に一回、聖書の時間があるのが、最初はもの珍しいものの、この年頃ではそれもすぐに飽きる。男子校というせいか、生徒の中にクリスチャンに転向するものを出すほどに熱心な指導もなく、生徒達も自分の学校がカトリックであることを思い出すほうが少なかった。

学校の周囲の環境は、あまり学生向けとは言いがたい。環状線沿線のほとんどがそうであるように、大阪城に近い玉造駅周辺も雑然とした大衆的な街だった。学生達は、小さなポルノ映画館すらある、古くからの商店街を抜けて通学する。

大阪市街でも中心あたりに位置するらしく、すぐ隣の森《もり》ノ《の》宮《みや》の駅周辺では、よく排気ガス濃度の調査が行われる。ただ、学校の多い土地柄らしく、歩いて行けるほどの距離に私立校だけでも六、七校があった。

有名大学への進学率こそ高かったが、部活動が盛んなわけでもなく、生徒会活動が目立つわけでもない。生徒も平均的におとなしめで、取り立てて厳しい校則に反発するわけでもなく、従順にいわれたままの受験勉強をしてゆくだけだった。

「浅井、見っけー」

混雑がピークに達した昼の学食で、つやのある髪を揺らし、水瀬がテーブルに着いた浅井の両肩に後ろから手をかけてくる。

「遅いなぁ。悪いけど、先、食いかけてるよ」

浅井は、背後から覗《のぞ》き込んでくる水瀬を振り返った。

「だって、物理の村上《むらかみ》、チャイム鳴っても終わんねーんだもん」

浅井の肩に甘えるようにじゃれつきながら、水瀬は唇を尖らせる。

六月に入り、綾星では黒の詰め襟から、胸ポケットに校章の縫い取りがある白の半袖シャツとブルーグレーのサマーウールのズボンという夏服へと衣替えとなった。どこか制服が借り物のように見えていた水瀬も、そこそこ制服が様になるようになってきた。

「今日の日替わりは？」

「キエフ風カツレツ」

水瀬が皆のトレーを行儀悪く覗き込む様子に、ずっと、目を細め、そんな水瀬を見ていた伊集院が耳触りのいい声で答える。

「キエフ風ー？　ああ、カツのケチャップソースがけね。男ばっかりなのに、そんな気取った名前つけんなって。げっ、伊集院、おまえ、少食なー。俺、食い盛りだから、絶対、それだけじゃ足りない」

上品な名前に相反して衣だけは見事な、わらじ大はある巨大なカツにも、水瀬はまだ文句を唱える。

「おい、ただでさえ、クーラーの効きが悪いんだから、あんまりひっつくなよ。暑いだろ」

浅井はぼやき、水瀬の両手がかけられたままの夏服の肩を大きく上下させた。

「いいじゃないか、触るぐらい。減るもんでもなし」

ぼやきながら、水瀬は財布を片手に食券を買うため、癖のない前髪をかき上げながら、長い列のできた販売機の前へ並びに行く。

背がそこそこに高く、今時の芸能人並みに顔も小さい水瀬は、中、高の男子生徒ばかりでごった返す食堂の中でも目立った。成長期のせいか、今はすべてが縦に伸びている感があるが、もう数年すれば、きれいにバランスのとれた体軀《たいく》になるだろう。

自分の容姿レベルはそこそこに把握しているらしかったが、それに対する気取りや気負いはまったく感じられない。ばかばかしいほどの周囲へのうちとけ方や、気の使い方は、男子校というよりも共学の学生の持つ感覚だった。

そんな意味では、水瀬は少し綾星の生徒達の中では異色だったが、それはけして悪い要素ではなく、水瀬がどこかで人目を引きつけてやまない理由のひとつとなっている。

「あいつ、スキンシップ、好きだなー。いっつも、誰かしらに、じゃれてないか？」

そんな水瀬の背を見送り、学年一の頭を持つ浅井は呟《つぶや》いた。

丸いロイド眼鏡のせいで、三人の中でももっとも親しみやすそうに見えるが、眼鏡の奥の一重の目ははしっこく、見た目よりもずっと注意深くものごとを観察している。

「なんかこう、妙なフェロモン発してるよな」

「フェロモン？」

頰杖をついたまま、目許をやわらげ、ずっと水瀬を追っていた伊集院が面白そうに浅井を見た。

「そう、フェロモン。なーんか、妙な色気。男女問わずのフェロモンって感じだな。

見てくれはちょっとツラがいいだけの普通の男なんだし、がちゃがちゃしてるし、馬鹿みたいに大食らいだし、まったく女っぽいところなんかないんだけどな。全然、媚《こ》びてるわけじゃないのに、なんか妙に危なっかしくて、そそられるっていう…、そういうのが好きなやつは、すごく好きそう。

なあ、伊集院、もともとおまえが水瀬にかまうのって、そのせいじゃないの？」

伊集院はゆるくウェーブのある淡い色の髪を揺らしたまま、微妙に笑うだけだった。

「あーあ、食えないやつ」

それにもさほど腹を立てた様子も見せず、浅井はカレーを頬ばる。

「別に自分のクラスに友達がいないわけでもないんだろ？　結構、他とも仲良くやってるみたいじゃないか。それとも、仲良くやってる…っていう感覚自体が、気を使い過ぎて嫌なのかな。あいつ、俺らには全然気ぃ使ってないしな」

まるで、面白い生き物についての話をするような口調で、なぁ…と浅井は東郷に同意を求める。

「そうかもしれんな」

平素から口数の少ない東郷は、切れ長の濃い色の瞳を巡らせて水瀬を眺めると、短く同意した。

しばらくすると、腹減った、腹減ったと呟きながら、水瀬がトレーにラーメンとチャーハンとの半チャンセットを載せて、当然のような顔で伊集院の隣に腰かける。

「水瀬、おまえ、弁当はどうした？」

伊集院と浅井の横で、それまで特に二人の会話には口をさしはさまずに和定食を食べていた東郷が、不意に水瀬に声をかけた。

「弁当？　ああ、あれねー、二時間目の休みに半分、三時間目と四時間目の間に残りの半分も食っちまった」

「げぇ、化けもんっ」

浅井が悲鳴に似た声を上げる。

「おまえの弁当箱って、下敷きぐらいのサイズあるじゃないか。信じられねぇ。そのうち豚になるぞ、豚にっ」

「これがまったく、太らないから、不思議なんだわ。育ち盛りのせいかなぁ」

「なんでもかんでも、育ち盛りを言い訳にするのはよせっ」

微妙に首をかしげ、水瀬は不思議な印象を与える流し目を浅井にあてたまま、唇の両端を上げる。その笑いはなんとも曖昧《あいまい》で、他人の中に他とは少し異なった印象を残す。

そんな水瀬が当然のように三人と昼を共にするようになってから、一か月近くになろうとしていた。

伊集院は、終始穏やかな物腰でどこか甘やかすように水瀬をかまい、浅井は人間関係には極めてオープンなようで、何年越しかの友人であるかのように水瀬に接した。東郷は口数が少なく、あまり色々と会話に口をはさむほうではなかったが、水瀬をけむたがる様子もない。

自然と水瀬は、心の中で距離を置いたクラスメート達よりも、三人と一緒にいることのほうが多くなっていた。


「おっし、四時ジャストから三番街シネマな」

水瀬は本屋の店先で立ち読みしていたぴあを放り出し、音楽誌を見ている伊集院の横に並ぶ。

朝、駅で通りすがりの少女達にもクォーターか何かだと思われているらしい伊集院は、やはり本屋の中でも人目を引いた。

「何見てんの？」

伊集院の手にしたコンサート情報の欄を覗き込む。

「へぇ、そのスカバンドって男ばっかりで、トランペットとか、サックスなんかばっかり十人ぐらいいる、あれか？」

「そう、知ってる？」

伊集院は音楽誌を閉じると、もとあった場所に戻しながら微笑する。

「あー、名前は知ってるけど、あんまり聴いたことない」

口数の多い水瀬は、そのどこか犬を思わせるような人なつっこさやおおらかさのせいで、いささか口調が軽薄に聞こえる。

「今度、九月にライブあるけど、一緒に行く？」

伊集院の穏やかな口調には、押し付けがましさがまったくなく、これが同級生達から、フェミニストの名を献上されるゆえんなのかと、水瀬はしばしの間、その日本人離れした整った顔を持つ友人を見上げた。

かといって、水瀬のように言葉が軽薄に聞こえるわけではない。伊集院の声には、常にさりげない心配りを感じさせるところがある。

何くれとなくつるむようになった三人の中でも、とりわけ水瀬は伊集院とよく動いていた。伊集院が何かにつけて水瀬を誘うのも、すべてにおいてあたりの柔らかな伊集院が、常に甘やかすような態度で水瀬に接してくるのも、その理由のひとつである。

甘やかされるままに甘えているような年でもなかったが、よく気がまわる上に、聞き上手、話し上手でもある伊集院は、一緒にいると、ずいぶん居心地のいい相手だった。

「面白いの？」

「ライブはすごくいいよ。きっと、全然知らなくっても、楽しめる。なんてったって、本人達が一番楽しそうだからね」

「じゃあ、行く。俺、音楽に関しては、何でも聴いちゃう派だから」

アイドルや女優は清純派、音楽に関しては流行りの曲しか聴かない水瀬は、とりあえず誘われれば何にでも顔を出すほうだった。そのかわり、あまり物ごとには執着がない。それがまた、いまひとつ水瀬の言動に重みのない理由でもある。

「でも、おまえって洋楽が好きなんだと思ってた。けっこう、意外かな」

水瀬は悪戯《いたずら》っぽい目で伊集院を覗き込む。普段のスマートな言動や性格から、伊集院はいかにも洋楽を好みそうに見えた。

「洋楽も好きだよ」

まるで、あの子も可愛いよ、というように、さらりとした相槌を打ち、伊集院はにっこりと余裕のある微笑みを作る。

「おまえ、すっごい、目の色薄いなー。それで見えてるの？」

「見えてるよ。コンタクト入ってるけど」

「へーえ、どれどれ？」

水瀬は琥珀《こはく》色に近い伊集院の目を、無躾なほどに覗き込んだ。

「可愛いなぁ」

少し伸び上がって、自分の瞳の奥をしげしげと覗き込んでくる水瀬に、伊集院は笑う。

「何がっ、何がだよっ」

息もかかりそうな位置で口許をほころばせる伊集院に、水瀬は鞄を抱えたまま、及び腰になる。

「なんか、水瀬って、やることが全部が子供っぽくって、可愛いんだよ」

じゃあ、今度、チケット取っとくよ…、伊集院は小脇にはさんでいた鞄を抱え直すと、出ようとうながす。

本屋の出口ですれ違いざまにぶつかりそうになった光英女子の生徒に、ごめんね…と言葉をかけ、相手の取り落とした鞄を拾う。

「伊集院、おまえ、今のでまたファン増やしたな。あの子、真っ赤になって、ずっと見てるぞ」

「何、妬《や》いてくれるの？」

何で、俺が妬くんだよ、アホ…と、後ろを振り返り、責めるような水瀬の言葉に、伊集院は楽しそうに水瀬の頭を撫《な》でた。

水瀬自身、スキンシップの嫌いなほうではなかったが、風か何かが触るように自然に肩や髪に触れる伊集院の指先には、たまに驚かされることがある。

あまりにも自然で、あまりにも当然のようなタイミングで、愛《いと》おしそうに自分に触れてくる伊集院に、年不相応な経験と技術の相違を見せつけられるようで、同性としては羨望《せんぼう》を覚えずにはいられないし、その愛撫《あいぶ》が同性である自分にも向けられることに戸惑いもする。伊集院が東郷や浅井に対しても同じように頭を撫でたり、腕を取ったりといったスキンシップをしているかというと、そうではない。

もともとは水瀬と話したくて声をかけたのだという伊集院が、男子校とはいえ、街中に女子高生が溢れているこの環境で、何を考えて必要以上に自分にかまおうとするのかは、いまひとつわからなかった。

わからないというと、浅井や東郷も、いまひとつ水瀬には不可解な人種だった。

三人の中ではもっとも年相応に見える浅井が、実は学年でトップの頭の持ち主であることを、水瀬はつい先日の学年一斉模試で知ったばかりだった。

しかも、半端な成績ではない。この府下の私立高校の中では屈指の進学校である綾星で、ほぼ全科目満点に近く、二位以下に大きく三十点近くの差をつけての一位だった。

ＩＱ１６０の天才が校内に一人いると聞いたことはあったが、まさかそれが浅井のことだとは思っていなかった。

まったく自分の頭の良さをひけらかす風でもない浅井は、校内では上位入りを狙《ねら》う際のライバルにはなっていないという。

浅井には、追いつけなくて、当たり前。狙うなら二番以下を狙え、というのが水瀬の学年で定着している一般論である。

噂のＩＱの数値が実際にどれほど正確なものかは知らないが、浅井は四歳にして分数計算を覚え、六歳にして方程式を難なく使いこなして、幼い頃からこのままでは早逝するのではないかと、周囲の大人達を危ぶませたらしい。

そんな一種、神がかった頭の回転の良さを持っていた子供は、綾星に入り、伊集院や東郷とつきあうようになってから、それなりに年相応の少年らしさを得たという。

伊集院や東郷にしても、周囲の同級生達に比べれば、大人びた印象を与えるほうだったが、それでも息子の異常なほどの頭の良さに危惧《きぐ》を覚えていた浅井の両親は、自分の息子がようやく年相応になったと喜んだという。

綾星では中位か、科目によってはボーダー近いものがある水瀬は、そんな天才と呼ばれる人種とは無縁だったので、浅井の両親が、外国ならばスキップしての大学進学も夢ではないほど優れた自分の息子が、並みの高校生程度になったと喜ぶという事態が、よくわからなかった。

おまえ、頭いいらしいな…、放課後の校舎でそう尋ねた時、水瀬は普段は茶目っ気のある銀縁のロイド眼鏡の向こうの浅井の目が、微妙に揺れたのを見た。

そんなことないよ…、常日頃、少し皮肉めいた口調で一番的を射た意見をはく少年は、珍しく、声のトーンを落とした。

浅井は、頭がいいといわれることに、やや、疲れてもいるようだった。

頭のいい奴には、頭のいい奴なりの悩みがあるのかもしれない…と、その時以来、誰の前でも水瀬はそのことを口にしたことがない。

そして、一番体格のいい東郷は、三人の中で、水瀬がもっとも言葉を交わした数の少ない相手だった。

水瀬を入れた四人の中でも、もっとも長身で、いつもまっすぐに背筋を伸ばしている感のある東郷は、無骨そうな外見とは裏腹に、典型的な文系だという。

その姿勢の良さからか、一本芯《しん》の通った硬派な印象を与える東郷は、髪も目も漆黒で、どこか武者人形を思わせるような男らしい目鼻立ちをしていた。

周囲の女子高生らには、四人集まった中で、伊集院と一、二位を争う人気と思えたが、その禁欲的な外見のせいか、声をかけられる確率は一番低かったし、外野である少女達に、もっとも興味を示さないのも、東郷だった。

訥弁《とつべん》というほどではなかったが、寡黙な男で、普段はあまり人見知りをしない水瀬も、東郷だけは一緒にいる中で、一番距離を感じた。

ただ、口数は少なかったが、人づき合いが悪いわけではなく、友人が少ないわけでもない。周囲からは一目置かれているようで、教師からの信用もある。そんな男だった。

水瀬自身は東郷という男に好感を持ってはいたが、肝心の当の本人がいまひとつ水瀬のことをどう思っているのかわからないせいもあり、どこか馴染めずにいるというのが本当のところだった。

げんに東郷は、浅井や伊集院には馨と下の名前で呼ばれていたが、いまだに水瀬は東郷を呼び捨てにしたことがない。

水瀬は東郷のことをどう呼んでもいいと思っていたし、むしろ、自分も二人と同じように馨と呼びかけてみたいと思っていたが、肝心の東郷に、水瀬にファーストネームで呼ばれるほど親しくはないと思われると辛《つら》い。

あれだけ無骨で男っぽい男を女名前で呼ぶには、それだけの立場を有していないと、相手を小馬鹿にしているようにも聞こえる。少なくとも水瀬には、東郷を名前で呼び捨てにするのは、浅井と伊集院という二人の、本当に東郷と親しいものだけが持つ特権に見えた。

何はともあれ、水瀬は新しい場所で居心地のいい場所を見つけ、自然にその中に溶けこもうとしているところだった。

Ⅳ

「なぁ、こっち向いてよ、笑ってよ」

三時過ぎ、三人が校門を出たところで、横にいたはずの水瀬が声をかけた。

帰宅時のことである。夏の日差しは痛いほどにきつい。

三人が、何ごとだ、と振り向きかかったところを、デジカメを構えた水瀬が撮る。

「どうした？」

口許に微笑をたたえ、東郷が言った。

「んー、化学のレポート作るのに使うから持ってきたんだけど、皆の写真もついでに撮ってみようと思って」

水瀬はうーん…、と写した写真を覗きこんで唸る。

「なんか、夏らしさに欠けるなぁ。こう…、今のギラギラした夏っぽさがない。なぁ、せっかくだし、今から、海行こうぜ」

「どこの海？」

「海水浴場とかじゃなくてさ、甲子園浜とか、西宮浜とか、そんな手近なとこ。南港とかでもいいけど、浜がないよな。やっぱ、砂浜がいいだろ？　こういうのは」

伊集院が穏やかに尋ねるのに、水瀬は、若者は海をバックにしょわなくっちゃぁ…と、嬉《き》嬉《き》として答えた。

「おまえぇ、それは俺を奈良県民だと知っての狼藉かぁ。帰るのに、どれだけかかると思ってるんじゃぃっ」

浅井はぐりぐりと、水瀬の夏服のわき腹を肘で突く。

「だって、ほら、高一の夏は、もう二度とないじゃないか」

どこかの青春ドラマのようなくさい台詞《せりふ》と共に、水瀬は指を立てる。

「俺や馨は別にかまわないけど…」

伊集院は楽しそうに浅井のほうを見る。

「おまえらだけ海をバックに写真に写ってて、この俺が写ってないなんて、そんな不愉快なことがあってたまるものか」

浅井は腕を組み、顎を少し反らしていばった。


「なんか、夏だよなぁ」

伊集院が眩《まぶ》しい日差しに手をかざし、砂浜に並んで腰かけた東郷に同意を求めた。

「ああ」

東郷は、少し離れた波打ちぎわで制服のズボンの裾《すそ》をまくり上げ、楽しそうにはしゃぐ水瀬と浅井の二人を見ながら、片頬を歪める。

水瀬の突飛な提案に、四人は大阪から阪神電車に乗り、香枦園《こうろえん》の駅で降りて、海まで十数分ほどの距離を歩いた。

コンクリートの埋立地に囲まれた、小さな小さな砂浜だった。

お世辞にも、あまり水はきれいとは言えない。

しかし、少し離れたヨットハーバーにはヨットが並び、天気がいいせいか、ウィンドサーフィンに興じる者が、何人も沖のほうへ出て、頬を撫でる潮風が気持ちよかった。

「かき氷とか、食いたいよな」

珍しく、東郷が食欲を口にする。身体に見あった、それなりの食欲を持っているくせに、東郷は普段からあまりあれこれと食べ物の名前を口にするほうではなかった。

「ああ、そんな感じ」

伊集院は鞄の中から下敷きを取り出すと、東郷に風を送ってやる。

写真を撮るという当初の目的も忘れ、水瀬と浅井は打ち寄せる波に足をひたしては喜んでいた。

「あーあ、水の掛け合いなんか、はじめてるよ」

子供みたいに…と、伊集院は楽しそうに笑った。

二人は制服の濡れるのもかまわず、派手に腕や足で水を掛け合う。

「浅井って、水瀬と一緒にいると、異様に子供っぽくなるよな」

伊集院が膝を抱えて呟くのに、東郷も頷く。

「そうだな、多分、俺やおまえだけなら、海に行くなんて言わないな」

「それどころか、中二の時、クラスのやつに海に誘われて、暑いし、面倒だからいいとか言ってたよ」

「確かに、少し前の浅井なら言ってたかも」

「二人とも、あんなに制服濡らして、電車乗れるのかな？」

伊集院は靴と靴下を脱ぎ、制服の夏ズボンの裾をめくり上げた自分の脚を眺める。

「ありがとうな、馨」

伊集院の呟きに、東郷は、何がだ…と、短く応じた。

「水瀬だよ。サンキュ、何も聞かずに仲間に入れてくれて」

ああ、と東郷は笑った。

「別に…、礼なんか言われなくても、十分にあいつは馴染んでるし…、俺達も楽しくやれてる。

今日だって、きっと、あいつが言い出さなかったら、俺達三人の取り合わせで学校帰りに海へ行こうなんて言い出すやつもいなかった。浅井も、あんな風に一緒になって、はしゃいだりするやつじゃなかった。

きっと、あいつは、俺達にとって十分にプラス要因になってる」

大人びた男は、足許の砂を弄《もてあそ》びながら、考え考え、言った。

そうだな…、伊集院も短く同意する。

「前に、水飲み場で水瀬に声をかけた時、ずいぶん斜に構えたものの言い方してたから、こいつに声をかけたのは考えものだったのかな…って思ったけど、間違いじゃなかったみたいだ」

「斜に構えた…？」

首をひねる東郷に、伊集院は笑った。

「最近、いつものメンバーで学校に行ってないんだなって言ったら、いい年して、一緒に動くのがうっとうしくなった…みたいなこと言ってたと思う。あんなに人なつっこくって、子供で、寂しがりなくせに…」

東郷と一緒になって砂を弄びながら、伊集院は目だけは、浅井と二人、びしょ濡れになってはしゃぐ水瀬を追いかける。

「今となっては笑い話だ」

伊集院は、東郷と二人で、肩を震わせて笑い出した。

「伊集院ーっ、東郷ーっ、冷たくって気持ちいいぞーっ」

髪から滴を垂らし、なおも背中に浅井に水を掛けられながら、水瀬は二人を手招いた。

「行くのか？」

膝の上に頬杖をついた東郷が、探るように見る。悪戯に誘われた子供が、仲間に救いを求めるような表情である。

「いいや、俺はいいよ」

伊集院は、東郷のこんな子供っぽい表情を見るのも久しぶりだと思いながら、水瀬に向かって手を振り返した。

V

「水瀬が来た」

十月、体育祭も終わったあと、窓際の伊集院の席で京都の嵐山《あらしやま》の地図を広げ、三人があてもない、こうでもないと遠足用のコースを練っていると、東郷が低い声で伊集院の腕をつついた。

浅井と伊集院の二人が顔を上げると、教室の扉のところで、ひょっこり水瀬が顔を覗かせている。

「おう、こっち、こっち」

浅井が手を上げると、水瀬は満面の笑みを浮かべて、そこそこ見栄えのする容姿のくせに、行儀悪くポケットに手を突っ込み、子供のようにひょこひょこと、跳ねるようにやってくる。

そのたびに、癖のない髪が揺れた。

「水瀬ーっ、また来たんかーっ」

毎日のようにやってくる水瀬に声が飛ぶ。慣れたもので、おどけた仕種で笑って応え、三人のもとにやってくるまでに昼休みの3《スリー》 on《オン》 3《スリー》の約束までしている。

「ガキくっせー、やつ」

浅井が苦笑する。

水瀬の少し吊り目気味の二重の目は大きい。

面長で顎も小さく、目と口の大きい、はっきりした整った顔立ちで、黙っていればそれなりに大人っぽく見えるのに、表情が多く、話す内容も幼くてよく喋るので、その分周囲に子供っぽい印象を与えた。

はたから見ると、どことなく、外見と中身とのギャップが新鮮でもある。

「なぁ、なぁ、今度の遠足さぁ…」

水瀬は何がそこまで楽しいのか、にこにこしながら寄ってくると、伊集院の手元の地図を覗き込んだ。

「あっ、これこれ。なぁ、自由行動、どこ行くの?」

「化野《あだしの》の念仏寺《ねんぶつじ》、祇王寺《ぎおうじ》、常寂光寺《じょうじゃっこうじ》…なんかかな。俺、この間のデートで行ったばっかりだからな、任しとけ」

「えっ、おまえ、彼女いんの？　誰、誰、誰?」

水瀬は、胸を張る浅井につめ寄る。

「はっはっはー。エレミア女子の同い年の子だ」

「何ぃ、その子の友達、紹介してっ。友達っ」

「どんな子が好みなの？」

まぁまぁ…と、伊集院は浅井につめ寄る水瀬を引き剝がしながら尋ねた。

「いやぁ、可愛くって、女の子らしくって…、小首かしげて話すのが似合うような子。守ってあげなきゃって、タイプかな」

「おまえ、すっげぇ、女の趣味悪ぅー」

照れて頭をかく水瀬に、浅井は腹を抱えて爆笑する。

「なんでだよっ！　そこ笑うところかぁ？」

げらげら笑い声を上げる浅井に、水瀬は唇を尖らせ、同じように苦笑する伊集院や東郷の肩を揺さぶった。

「ばぁーか、小首かしげて話すような、可愛らしくって女の子っぽい女が、性格いいわけないだろ。そんなカワイイ、カワイイのを売りにするようなやつは、一番、質《たち》が悪いの。実際、そういうタイプが、一番強くて図太いんだって。守ってやんなきゃっていうのは、女を知らない男の幻想なんだよ。おまえ、共学に行ってたくせに、どうして、そんなこと知らないんだよ」

ロイド眼鏡をかけた友人は、ふてくされる水瀬を下から覗き込むようにする。

「嘘《うそ》だと思うんなら、こいつらに聞いてみろよ」

「ほんと…?」

半信半疑で伊集院や東郷を見ると、まあねぇ…と、頷かれる。

「別にいいだろ。俺の女の趣味が良かろうと、悪かろうと。おまえに迷惑かけるわけじゃなし」

拗《す》ねる水瀬に、伊集院がなだめながら席を譲ってやる。

「それで、水瀬のグループはどこまわるって?」

東郷が低い声で尋ねた。

「それがさぁ、今、それですっごいもめてて。保津川《ほづがわ》まで行って、保津川下りしようって言うやつがいて、譲らないからさ。まだ、決まらなくって。グループも、このクラスみたいに、好きなものどうしひっついているんじゃなくて、出席番号順にわけられちゃって。いいよなぁ、おまえら、一緒でさぁ。俺、クラス違うから、つまんないい」

伊集院の腕にじゃれながら、水瀬はこぼす。

「来年、国立志望しろよ。一緒のクラスになれるぜ」

腕を組んだままで、造作もないことのように浅井は笑う。

「そんな、おまえらみたいに国立狙える頭を、俺が持ってるわけないじゃないか。なんで、そんな苦労をわざわざかってでる真似しなきゃ、なんないんだよ」

「でも、二年から、こんな内部、外部っていうクラスわけじゃなくって、志望別にクラスわけするからね。国立志望にしない？　別に先生も、国立クラスにいるから、絶対、私立は不可だなんて言わないよ。結局、私立との併願勧められるんだし」

水瀬にじゃれつかれた腕をそのままに、伊集院も誘ったが、無理無理…と、水瀬は手を振った。

「それよりさ、俺、遠足の時はグループ抜けて、おまえらんとこ来る。どっちみち、集合時間に集まれば、それまでどこにいてもいいんだからさぁ」

「おまえ、そんなことしてたら、また先生に目ぇつけられるぞ。そうでなくても、始終、前髪長いって、チェック入れられてるのに」

名案、名案、とひとり悦に入る水瀬を、浅井は小突《こづ》いた。

「大丈夫、大丈夫」

水瀬は、ガイドブックのみやげもののページをめくりながら笑った。


「いい天気ー、天高く、馬肥ゆる秋って感じだよなぁ」

祇王寺の苔《こけ》の上、一面に敷きつめられたような紅葉《もみじ》を見たあと、お茶屋の緋毛氈《ひもうせん》の上に座って、水瀬は上機嫌だった。

秋の嵯峨野《さがの》の空は青く澄みわたり、制服を着て歩いていると暑いほどだった。

「馨、次、どこ行くって？」

派手やかな外見に似合わず、小さい頃からお茶を習っていたとかで、出された抹茶をきれいな動作で飲み終えたあと、伊集院は東郷の手にした地図を覗き込む。わらびもちを機嫌よくほおばっていた水瀬は、ほんの少しの疎外感を感じながら、そんな二人を見る。

伊集院や浅井は、東郷を、馨という下の名前でよく呼んだ。

最初は違和感を覚えたが、次第に水瀬にも、不思議と少女めいたその名前が、無骨で男っぽい外見を持つ東郷という男に、よく合うように思えはじめた。

手も足も大きく、体格に恵まれた、武者人形のようなすっきりと男らしい目鼻立ちの男が、馨という名前で呼ばれると、それだけで理屈ではない、何か不思議な涼感をまとうように思える。外見からは想像できない、典型的な文系である東郷に、そんな雰囲気はぴったりと合っていた。

しかし、一緒につるむようになって半年、水瀬は東郷を馨という名前で呼んだことはない。

思い切って呼びかけてしまえば、東郷の性格を思うと何も言わずに返事を返してくれそうだが、少なくとも、東郷の漂わせるストイックさには、安易な馴れ馴れしさを受け入れないような雰囲気があった。

同じ綾星の生徒達で混《こ》み合う前にと、お茶屋を出ると、嵯峨野一帯の最奥である、化野の念仏寺へと向かう。

刈り入れも終わり、藁がそこここに束ねて干してある田んぼの脇に、熟した実を枝いっぱいにつけた柿の木が立つ。そんなのどかな風景と、色づいた紅葉を楽しみながら、四人は歩いた。

境内の『西院《さい》の河原《かわら》』と呼ばれる一帯に無縁仏が並ぶ念仏寺に入ると、化野という場所がどんなところかまったく理解していなかった水瀬は、おっかなびっくりで東郷の背中に張りついた。

晴れ渡った空の下でも、半ばまで石に埋もれたいくつもの石仏と目が合うようで、落ち着かない。目を通さなければいいのに、寺の入口で渡されるパンフレットに、化野が古来より鳥辺野《とりべの》や蓮台野《れんだいの》とともに、葬送地であったと書いてあるのを見て、さらに怖《お》じ気《け》づく。

水瀬はオカルト的なもの一切が苦手だった。

異世界に入りこんだような、石仏が居並ぶ小道の間で、あの仏さんと、あの仏さんの顔が…などと、能天気に指差しながら前を歩く、浅井や伊集院のような気持ちにはとてもなれない。

そういえば、浅井の特技はひとりで百物語ができるぐらいの怪談を話せることだった、と今になって思い出す。どうりで、あいつがここへこようと言い張ったはずだと、水瀬は石仏と目を合わさないように東郷の足許ばかりを見て歩いた。

こんな時、東郷のような存在感のある大きな男の側《そば》にいると、妙な安堵《あんど》感を覚える。

東郷は、人ひとりが歩くのがやっとのような小道を、ぴったりと自分の横に張りつくように歩く水瀬を黙って見下ろしたが、何も言わなかった。

「おーい、写真とってやろうか」

前で浅井がお気楽な声を上げるのに、いらない、いらないと首を横に振って見せる水瀬に、東郷は少し口許をゆるめる。

「水瀬は、怖いのが苦手なのか？」

からかうようでもなく、おどかすようでもない男のその口調に、浅井の前では虚勢を張っていた水瀬も、正直に頷いてみせる。

「なんか…、怖くないところじゃ、全然平気なんだけど、ここって、石仏と石仏の間から、何か覗いてそうじゃない？」

ああ…、東郷は頷く。

「別に、害をなす、なさないじゃなくて…、何かが、息を殺してこっちの様子を見てる…って、そんな感じだな」

「おまえって…、すげぇ。そうそう、そんな感じで嫌なんだ」

水瀬がうまく言葉にできないことを、西院の河原全体を一度見渡すようにして、きっちりと言葉にまとめた東郷を、水瀬は感嘆まじりに見上げる。

普段、あまり口数の多くない東郷には、そうやって、ときおり見事に自分の言いたいことを言い当てられることがあって、そのたびに水瀬は驚いてきた。それが、水瀬が東郷とあまり話したことがないとはいえ、この男に一目置いている理由のひとつでもある。

東郷が持つ、たいして言葉を交わさなくても、会話のない居心地の悪さを感じさせられない独特の雰囲気も、嫌いではなかった。

「馨ちゃん」

念仏寺を出たところで、初めて水瀬は東郷に呼びかけた。

ちゃんづけで呼んだのは、まだ多少の遠慮があったのと、思いのほか繊細な神経を持つ男への親しみのつもりだった。

「なんだ？」

別に水瀬がずっとそう自分を呼んできたかのように、東郷は応じた。それだけで水瀬は、差し出した手を取ってもらえたような嬉《うれ》しさを覚える。

「へへ…、馨ちゃん、馨ちゃん」

「どうしたんだ？」

呼んでみると、自分が考えていたよりもはるかに簡単で、また、それだけで、ずっと東郷という男との距離が近まったような気がした。

「あいつらんとこまで、走っていこ」

自分より大きな男の腕に腕を巻きつけると、水瀬は土産もの屋の前で自分達を招く二人のもとへ走り出した。

二章

I

二年生になって、三人とクラスの異なっていた水瀬は、結局、志望校を私立から国立に変えることによって、三人と同じクラスになった。

もともとの水瀬の志望校は関西の私立大学だった。両親には金銭上の理由から、国公立の大学へ行ってくれとは言われていたが、別に私立大学の授業料が払えないほど逼迫《ひっぱく》した家庭状況でもなく、かなり理系に偏ってしまった水瀬の成績を見て、両親ともに国公立への進学はどこかで諦《あきら》めているようなところがあった。

綾星の中では、いいとも、悪いともいえない水瀬の成績は、私立大学なら十分に安全圏、国立を目指すなら、理系寄りの水瀬の成績自体を平均に均《なら》す努力を相当力を入れてしていかなければならない。

それをあえて、かなりの努力を要する国立志望に変更したのは、最終的に伊集院や浅井の誘いのせいだった。

「なぁ、一緒に来いよ、きっと、クラスが一緒のほうが面白いって。どうせ、ほかには勉強ぐらいしかやることのない学校なんだから、せいぜい、俺達と一緒に馬鹿やって楽しもうや」

進路志望の用紙を提出する日、わざわざ教室に水瀬を訪ねてきた浅井が言った。

「国立志望だけど、理系か文系かまだはっきり決めてないって、担任に言ってごらん。十中八九、国立組の理系文系混合クラスに入れられるはずだから」

普段、けして相手にものごとを強要しない伊集院も、珍しく強い口調ですすめた。そして最後に、きっと面白いから…、と浅井と同じ言葉をつけ足した。

「来ないのか…？」

図書室で、日本史のレポート用の本を探していた東郷も尋ねた。まるで、当然、一緒に来るのだと思っていたような口調だった。

綾星学院は規律も厳しく、むやみにはめをはずしたがる生徒もいない、すべてにおいて優等生的な学校だった。

しかし、優秀でありながらも、やや周囲とは雰囲気の異なった、この存在感のある三人と一緒なら、きっとそんな退屈な毎日が変わる…、三人が言うように、水瀬にとっても確信がある。

綾星では、二年から三年へのクラス替えはない。最初で最後のチャンスでもあった。

何ら欠けたところのないように思えるこの大人びた三人組が、どこかで水瀬の持つ親しみやすさ、無邪気さ、子供っぽさを必要としていることを、水瀬は知らなかった。

一年間ほどの高校生活の中で、どこかに飽き足らないものを感じていた水瀬にしてみれば、一緒のクラスを選択するのは、ただ、より楽しい遊びに誘われた子供がそっちに走っていくような、無邪気な気安さからだった。

どうしても国立受験が無理なら、私立志望に変更すればいいという安易な選択を考えていないわけでもなかった。

いったんは志望校の変更に首を横に振ったものの、常々、この気心の知れた三人組と同じクラスでないことに一抹の寂しさも感じていた水瀬は、結局、将来の確固とした目標があるわけでもなかったため、言われた通りに担任の前で理系とも文系とも決めかねると言い張った。

比較的、何でもそつなくこなし、平均していい成績をおさめる伊集院はとにかく、この年にして宇宙理論の本を平気な顔で読み解く浅井は典型的な理系で、完全に文系である東郷にあわせたことは間違いなく、また、東郷も同じように混合クラスへの割り振りを承知の上で、浅井にあわせたに違いなかった。

毛並みの良さと偏差値の高さ以外に特徴のない、面白味のない進学校で、水瀬は退屈な学校生活を鮮やかな色に染めてくれる三人と一緒になることにより、高校時代を豊かにする方法を無意識のうちに選んでいた。

桜の時期も終わり、若い葉をいっせいに茂らせる頃、水瀬達は昼休みによく校舎の屋上で遊ぶようになった。

季節がら天気もよく、街中でも少し高台に立つ校舎の屋上へ上がると、周辺の街並みが一手に見渡せ、北に大阪城、南西の方角には通天閣が見えた。

下級生などで混み合うグランドに比べ、まだ未開拓のスポットなのか、ときおり怠惰に昼寝を決めこむ生徒などがいるほかは、比較的、屋上は空いていた。

三個のおにぎりと二個のパンとをたいらげるのもそこそこに、水瀬はクラスメイト数人とともに、サッカーに興じる。

思い思いの格好で日向《ひなた》に陣取った浅井達は、食後すぐに動き出す水瀬を、半ば呆《あき》れたような顔で眺める。そういったところあたりが、水瀬にしてみれば、自分達が小者《こもの》に見えるような、内部組の鷹揚《おうよう》さだった。

動き出せば、並み以上の実力を発揮するくせに、なかなか本気にならない。そんなふうに、妙に能力をひけらかさないのが、また三人の一目置かれるゆえんでもある。

「パス、パス、あーっ、牧村《まきむら》、へたくそーっ」

遠くへボールを蹴り飛ばした仲間に野次が飛ぶ。

「とってこーい」

ゲームは中断し、腰に手をあてて高笑いする水瀬のところに、普段から仲のいい中村《なかむら》がやってくる。

「なぁ、浅井、この間すごかったなぁ」

「へ？」

何がよ、と髪を両手で後ろにかきやる水瀬に、中村は少し離れたところで東郷の上着を勝手に枕にして、試合を野次る浅井を振り返った。

「ほら、全国統一模試。ほとんど満点出してただろ。あんな点数、とろうと思っても、とれるもんじゃないからなぁ。やっぱ、あいつの頭の良さって半端じゃないんだよ」

感嘆まじりにしみじみと呟く中村に、ロイド眼鏡がトレードマークになっている浅井を振り返ると、三人の中でも一番だらしない格好で横になっている。

何を言ってるのか、伊集院の財布をとり上げ、笑いながら中身を覗き込んでいるのがやんちゃっぽく、どこにでもいる平均的な高校生に見えた。

「うーん、まぁ、ひとりで百物語できるぐらいだからな。記憶力とかも半端じゃないけど、普段喋ってたら、全然、ふつーだよ」

牧村、走れーっ、ボールを抱えて屋上を走ってくるクラスメイトに大きく両手を振り、水瀬は叫ぶ。

水瀬に応じて、高く蹴り上げられたサッカーボールは、大きく弧を描き、下へと落ちていった。

「あーっっ、牧村、アホーっ」

取りにいけーっ、と仲間にブーイングをとばされ、牧村はへらへら笑いながら階段を下りてゆく。

「あーあ、あいつ帰ってくるまで、試合にならねぇよ」

水瀬はぼやく中村に手を上げ、三人のもとへ戻った。

水瀬…と、歌の一節でも口ずさむように、やさしい独特の呼び方をして自分を招く伊集院を恨めしげに見る。

「おまえら、ゲームやれよ。伊集院がキーパーやってくれないから、俺らチーム、ぼこぼこじゃんよ」

「俺達はナイーブだから、おまえみたいに食後すぐに動き回るような真似できないんだよ」

けけけ…と、起き上がった浅井は腕を組み、歯をむき出して笑う。

「おまえがナイーブって面《つら》かよ、…うわっ」

浅井のボディに蹴りを入れようとして、逆に足を取られ、水瀬は笑いながらコンクリートに転がった。

「あれ、あんなとこにハシゴがあるよ」

日差しで心地よく暖まったコンクリートに転がり、水瀬は屋上へ上がってくる昇降口の脇に、悪名高い、夜になると緑色にライトアップされるマリア像の台座へと登る、中途半端な高さに取りつけられたハシゴを見つけた。

「俺、登ってみたい。あのマリア様が、すぐ側で見られるんだろ」

水瀬は、決まってこういう時には賛同してくれる伊集院の肩を揺さぶる。

「あー、けっこう高い位置に取りつけられてるなぁ」

伊集院は立ち上がると、自分の頭より上にあるハシゴを見上げた。

「水瀬みたいなバカ、登らせないためだろ」

興味がわいたのか、なんだかんだとからかいつつも、浅井と東郷も立ち上がってやってくる。

「さてと、どうやって登るかな」

伊集院の言葉に、残る二人もいっせいに東郷を見た。

「…俺が土台か」

自分に向けられた三人の視線に、一番体格のいい東郷が憮然《ぶぜん》として呟く。

「頼む、頼む、すぐだから」

水瀬は腕にじゃれつき、せがむ。

東郷も言葉ほどは気を悪くしていないらしく、ハシゴの下に膝を折る。靴を脱ぎ、東郷の肩に足をかけると、肩車の要領で持ち上げてもらう。

「大丈夫か？」

「ＯＫーっ」

つかまったハシゴをよじ登り、昇降口の上に顔を出すと、そこには水瀬の見たことのない新しい風景が広がっていた。

「うっひょーっ、すっげーっ。こいよ、おまえら、上がってこいよ」

水瀬はマリア像の足許にうずくまり、下の三人を手招く。

屋上よりもひときわ高いところから眺める大阪の街並みは、柵やフェンスなどの遮るものもなく、遠くの生駒《いこま》の山並みや大阪湾まで見渡せた。

空気は悪い。晴れていても遠くのほうは排気ガスで曇って見える。

しかし、高いところから一望すると、その雑然とした街並みすら、愛しく感じられるから不思議だった。

「こりゃあ、すげぇな」

「ほんとだ。下にいるより、よっぽど遠くまで見える」

あとから上がってきた浅井と伊集院が、水瀬の横に並んで感嘆の声を洩《も》らす。

「馨ちゃん、おいでよ」

水瀬は身を乗り出し、下で待つ東郷に声をかけた。

「ああ…、いいよ、俺は」

東郷は手を振った。

「いいから、こいよ。なんか、ふっきれるような眺めだから」

水瀬はなおも手を伸ばす。

「こいよ、馨。すごいぞ」

伊集院も並んで膝をついた。

「でも、おまえら、降りる時は？」

「馨、かまわないから、上がってこいよ」

見上げる東郷に、浅井も手を差し出す。

東郷がひとつ頷き、笑ってハシゴにつかまるのを、手を差し伸べ、片腕を握りつかんで上へと引っぱり上げる。

さして力を入れずしても、東郷は壁を蹴り、その反動でハシゴを登ってきた。

「おまえら、どこ登ってんだよ？」

「見つかったら、しこたま怒られるぞ」

下に集まってきたクラスメイト達が、口々に騒ぐ。

「おまえらも、来るかー？」

水瀬はヘリに腰かけ、靴を脱いだままの足をぶらぶらさせながら笑った。

「馬鹿だなー、あいつら。絶対、後悔しないのに」

別にいいよ、とサッカーに戻った仲間を見下ろしながら、水瀬は呟く。

「これかー、金曜日の夜、涙を流すと噂のマリア様は」

三百六十度のパノラマを堪能したあと、浅井はポケットに手を突っ込み、四メートル近くある石膏のマリア像を見上げる。

「おまえ、妙な怪談作って振りまくなよ。俺らが卒業したあと、この学校、新種の怪談だらけになるぞ」

水瀬はげっそりしながら、ホラー好きの友人の横に立って、マリア像を見上げる。

「でも、目の下なんかの染みが、確かにちょっと泣いてるようにも見えるな」

「酸性雨…のせいじゃないか。肩や袖もかなり染みになってる」

伊集院の横で、東郷が冷静な意見を吐いた。

「怖いな。俺達が大人になったら、もっと濃い酸性雨が降るって言うもんなぁ」

ほら、排気ガスとか人工衛星の打ち上げのせいで、オゾン層がぼろぼろらしいから…と、呟く水瀬に、ポケットに手を突っ込んだまま、浅井が胸を張る。

「じゃあ、この浅井様がＮＡＳＡへ行ったあかつきには、地球にやさしいロケットを開発いたしましょう」

「NASAだとぉ？　おまえ、本気かぁ？　だいたい、NASAなんて、どうやったら行けるんだよ」

「今や、日本人飛行士がシャトルに乗る時代だぜ。この俺様の辞書に不可能という文字はない」

呆れる水瀬に、浅井は顎を反らす。

「おい、俺も行くから、入れろよ」

まあ、見とけよ、と浅井は水瀬の肩をたたくと、サッカーを再開した連中を上から覗き込み、ハシゴにぶら下がるようにして降りた。

「伊集院っ、おまえ、キーパーだろ、こいよ」

手招く浅井に応じて、伊集院も鮮やかな身のこなしでハシゴの途中から飛び降りた。

「おーっ、十点満点ー」

華麗に腕を広げ、一礼して見せる伊集院に、水瀬と東郷は拍手を送る。

「浅井、本気かなぁ」

水瀬と同じように、ヘリに腰かけ、足をぶらつかせてサッカーを眺める東郷に、水瀬は尋ねた。

「さあなぁ」

少し考え、東郷は首をかしげた。あんまり表情には出さないが、そんな時の東郷が少し引き締まった唇の端をゆるめていることを、水瀬は知っている。

「あいつぐらい、頭よかったら、行くかもしれないよな、NASA。つまんない会社はいるよりも、よっぽど、あいつにはそっちのほうが向いてるかも…」

天才肌だから、なぁ…、と同意を求め、靴下のままの足をぶらぶらさせながら、水瀬は東郷を見た。

こうやってふたりっきりになって話をすることが、まだあまり、東郷とはない。

少し、新鮮な気分だった。

「IQが、精神年齢に比例するっていう話があるのを知ってるか？」

水瀬よりもまだ大きな靴を履いた東郷は、口を開く。

「精神年齢？」

「そう。普通の人間の知能指数を百だとして、精神年齢はその百に見合うものだとするものだとする考え方だ」

「ということは…俺達が今年、十六で、あいつのIQは百六十って聞いたからぁ…」

水瀬は眉をよせる。

「二十五っっ。二十五歳なのか、あいつの精神年齢はっ」

シャツの襟許を締め上げる水瀬の手に指をかけて引き離しながら、東郷は頷いた。

「…っていう考え方もあるっていう話だ。人間の持つ力、特に表面化していない、内在する力を完全に数値化するのは、これだけ科学が進んでもまだまだ難しいんだ。空よりも海の底、筋力よりも脳の持つ潜在力、遠いものよりもごくごく身近なものの方が、意外に未知の分野は多い」

「ふーん…、そりゃ、普通の高校生になったって、親も喜ぶわけだよなぁ…」

水瀬は唇を噛《か》むと、首をかしげる。

「こうやってると、全っ然、普通のやつなんだけどなぁ」

下でボールをおいかける浅井を目で追いながら、水瀬は考え込む時の癖で、抱えた膝を前後に揺すった。

「…でも、俺、おまえとか伊集院とかも、時々、すっごい大人に見えるよ」

水瀬は指を伸ばし、東郷の肩に触れてみた。まだ大人と呼ぶには未完成な自分の体格とは違う、がっしりとしたきれいな骨格がある。

東郷は今度ははっきりと、口許をほころばせて見せた。

「あーぁ、すごい奴らだよなぁ、おまえらって」

「そうか？」

東郷が首をかしげる。男っぽい、かっちりとした輪郭だった。

「俺から見れば、おまえもけっこう、たいしたやつだよ。まっすぐで人なつっこくて、誰にでも対等で…。すごいところをいっぱい持ってる」

ほめられ、水瀬はへへッと、頭をかいた。

さわやかな風をはらんだ青空が、とても楽しくて、気持ちが良かった。

その後、駆けつけてきた教師によって、マリア像の台座によじ登った四人は、職員室でしこたま大目玉を食らったが、それを一向に介した風もなく、放課後、学食の自動販売機で乾杯した。

水瀬はとにかく、これまで優等生扱いされていた三人が、風紀を乱した等の理由によって、職員室で揃って叱られたのは初めてのことらしかった。

水瀬以外の三人は、大目玉を食らってもどこか楽しそうだった。

おまえが来たせいだよ…、浅井は珍しくジュースをおごってくれた。

すっげー、楽しい…、そう言って、水瀬には理解できない理由で、いつまでも肩を震わせて笑っていた。

その後、屋上は立入禁止になった。

そのせいで、少なくとも四人は、学校にしばらくの間は語り継がれる逸話を残したことになった。

II

夢を見た。

夢の中で、誰かと話していた。

暖かな、穏やかで柔らかな光に包まれた場所で、誰かと話していた。

低い響きのある声が心地よくて、そこで初めて、話している相手が男なのだと気づいた。

最初は、伊集院なのかと思った。

こんな穏やかな話し方をする相手といえば、伊集院だと、そう思っただけだった。

ただ、声をよく聞いてみると、伊集院ほど柔らかな質の声ではなかった。もっとよく響いて、もっと男性的で硬質な声だった。触れあった部分から響いてくるような声だった。

気がつくと、水瀬はその男と肩を並べ、大きな川の土手を思わせるような芝草の生い茂ったゆるやかな傾斜に座っていた。

声は、耳許と、その触れあった肩との両方から響いてきた。

自分が話す些細《ささい》なことの一つ一つに男は丁寧に耳を傾け、声を立てて楽しそうに笑っていた。

ふと目にした男の大きな手を見て、ああ、なんだ、東郷じゃないか…、そう、思った。

節が高く指の長い、大きな筋張った手が、妙に頼もしく、また好もしく思えて、顔を上げて、脇に座った男の顔を見た。

目許の涼しい、東郷の男らしく整った顔がやはりそこにはあった。

はっきり通った鼻筋と、引き締まった口許を見て、心底嬉しくなった。

おまえと、こうやって話してみたかったんだ…と言うと、そうか…と、東郷は口許をほころばせた。

なんだ、こうやって東郷と話してみたかったのか…、口にしてみて初めてそう思った。

なんだ、簡単なことだった…、楽しくなって、つい笑った。

東郷は不思議そうに水瀬を見ると、やがて、つりこまれたように笑ってくれた。

その低い笑い声が嬉しくて、心地よくて、いつまでもこうして、肩を並べてここに座っていたいと思った。

遠くで草野球をしているような音がしていた。子供の遊ぶ声が聞こえたような気がした。

明るい陽《ひ》だまりの中の、心地のよい夢だった。


衣替えである六月まであと一週間となった、よく晴れた五月の日の朝のことだった。

今朝の夢は何なんだろう…、夢の余韻にぼんやりとしたまま、水瀬は朝のラッシュのはじまった駅の階段を下りる。

寝る前は、湿度が高く、久しぶりに寝苦しい夜だった。七月の中旬並みの気温と、昨日の晩の天気予報で言っていたのを思い出す。

そのせいもあったのかもしれない…、水瀬は明るい朝の街に定まらない視線を投げる。

すでに気温はじりじりと上がりはじめ、白っぽい、焼けつくような日差しが、今日の暑さを予感させる。

湿度は高くないようで、ときおり伸びかけの前髪を撫でる朝風は涼味を含んで、前のＯＬらしい女性の白いブラウスの袖を揺らした。

二年生になって、いよいよ本格的に校則を破り、教師の目をくぐって伸ばしはじめた前髪ごしにそれをぼんやり眺めていた水瀬は、左肩にぼんやりと残る温《ぬく》もりと、がっしりとした肩の感触に意識を戻し、かすかな狼狽《ろうばい》を覚える。

そんな朝のとりとめもない夢をいつまでも意識している自分が、不意に説明がつかなくなって、頼りなく心細い思いになった。

意識が一点に定まらずに、たえず宙に浮いているような感覚だった。

身体の中で、何か発泡性のものがかすかな音をたてているような気がする。それが、内側から胸が浮き上がるような、これまで感じたこともない切ない熱を生みだしている。

ばかばかしい話だったが、まだ自分に何くれとなくかまいつけてくる伊集院が相手だったというのなら、こうもおぼつかない思いはしなくてすむのかもしれなかった。

それがどうして東郷なのだろう…、そう思うたびに、うずくまりたくなるような情けない心地がする。それが説明のつかない淡い陶酔を伴うから、よけいに始末が悪い。

終始、ぼんやりしたまま梅田の駅に着き、ほぼ、習慣から、人の波に流されるようにＪＲの環状線へと乗り換える。

大阪駅の中央改札でうっかり阪神のＩＣ定期を使い、引っかかっても、水瀬はまだぼんやりとしたままだった。

環状線のホームに上がって、外回りの電車が入ってくるのを待っていると、不意に背後から低めの声がかかった。

「おはよう」

不思議な熱っぽさに悩まされ、電車を待つ人の群れを眺めていた水瀬は、後ろに立つ長身の男を振り仰ぎ、あわてて相手の胸許に視線を落とした。

「…あ…お、おう」

東郷だった。

目を覚ましてからずっと、今という今まで意識していた、当の相手を目の前に、一瞬にして鼓動が跳ね上がる。

「きょ、今日も暑いな」

言葉が奇妙に上滑りし、声がうわずった。

「喉をどうかしたのか？」

「えっ、あっ、どっか、変？」

いつものようにきっちりと教科書を詰めた鞄を肩に担いだ東郷は、喉を押さえた水瀬の顔を、少し背をかがめるようにして覗き込んでくる。

「変っていうのか、少し声がおかしい」

眉のすっきりと男らしく整った東郷は、確かに夢の中で横にいたそのままの顔だった。

まずいな…、水瀬は唇を噛む。

これは、まずいな…、それが正直な感想だった。

依然、心臓は動悸《どうき》を打っている。理由などない。

ただ、すぐ横に立つ東郷のまっすぐな熱が、この袖が触れあうだけでも眉をしかめてしまいそうなラッシュの中でも、少しも不快でないのが不思議だった。

「風邪でもひいたか？」

あまり口数の多いほうではない東郷は、通勤客でごった返す神戸線や京都線のホームへと目を向けながら言った。

「いや…、そんなにたいしたことじゃない。寝起きだからだよ、きっと…」

東郷の表情一つ一つを目で追ってしまう。なのに、視線が自分へと向けられそうになると、我ながら不自然なほどの勢いで目を逸《そ》らす。

いつもはどこかで意識しているエレミア女子学院や丹沢学園などの女子校の制服も、今日に限っては目に入ってこない。入っていても、どこか上の空で意識に留《と》まらない…それが本当のところだった。

「おい、電車来たぞ」

軽く背を押され、我に返ると同時に、不自然なほどに頬が熱くなった。

変な夢を見たせいだ。ドアの横に立ち、網棚に鞄を上げる東郷に、いつものように鞄を渡して一緒に網棚に載せてもらいながら、水瀬は瞼《まぶた》を伏せる。

すぐ側で、東郷目当てらしい、東郷と一緒の時はいつも一緒になるエレミア女子の少女達が、こちらを意識して喋っている声が騒々しい。

そんな少女達を微笑ましく思ったことはあっても、邪魔だとも、うっとうしいとも思ったことがなかっただけに、水瀬は自分の今日の心理状態がわからない。

「俺…、昨日、夢見た」

「夢？　どんな」

いつも多弁な水瀬にしては、不自然なぐらいに黙り込んだあと、ドアにもたれたまま、不意に口を開いた。

「おまえが出てきた」

へえ…と、向かい合って立つ東郷は、周辺の女子高生が憧れてやまない微笑を見せる。

「おまえと一緒に河原みたいなところにいた」

男の固いカラーを外した詰め襟の襟許から覗く、清潔な白いカッターシャツに目をあてたまま、水瀬はいったん、口をつぐんだ。

首許を締めつける詰め襟の窮屈なカラーを、通学中は取りはずし、駅を降りてから学校へつくまでの道々、つけることを教えたのもこの三人だった。駅前の日の出商店街を抜け、下町を抜けてゆく道すがら、三人がいっせいに鞄から取り出したカラーをつける仕種を、外部生の水瀬はどこかカッコイイとすぐに真似たものだった。

平均以上はある水瀬よりもまだ背の高い東郷を上目遣いに見上げると、東郷は黙って水瀬を見下ろしていた。

言葉で先をうながすわけではないが、その表情を見れば、東郷という男がどれだけ真摯な態度で相手の話を聞いているのか、すぐにわかった。

からかうわけでも、茶化すわけでもないその誠実そうな顔に、どうして前はこいつを苦手だなどと思ったんだろうと訝《いぶか》りながら、水瀬は言葉を続けた。

「なんか、こんなに暑いのに夢の中では気持ちのいい季節で…、ずっとそこでおまえと一緒に日向ぼっこするみたいに座ってたんだ」

電車の振動に身をまかせ、窓の外のパチンコ店やキャバレーなどの賑々《にぎにぎ》しい看板の並ぶ雑然とした大阪の街並みに目をやりながら、水瀬は言った。

「悪い夢だったのか」

脆弱《ぜいじゃく》なイメージを与えない、しっかりと引き締まった顎の線が、整った顔立ちに健康的な男らしさをそえる。

電車が京橋に着く。

「いや…、どっちかって言うと、ほのぼのしてていい夢だったと思う。…俺、楽しかったから」

最後は呟きのように、小さな声になった。

一瞬、京橋の駅から乗り込んできた少女同士の挨拶《あいさつ》の声にかき消され、その言葉は東郷に届いたかどうかはわからなかった。

それは水瀬が、東郷へと向ける自分の想いが、浅井や伊集院に感じる親しみとは異なったものであることを、初めて意識した日の朝だった。

III

水瀬は本屋の棚の前に三十分近く張りついたまま、動かなかった。

『宙《そら》の名前』というその本を見かけたのは、東郷と一緒の時だった。

あまり、ものに執着を見せたことのない東郷が、伊集院と浅井が二十分以上もほかのコーナーを見てまわったあとも、ずっとその場でその本に読みふけっていた。

三千二百円のハードカバーで、バイトをしていない高校生が、ぽんと支払える額の本ではなかった。

図書室に入れてもらったら…と提案すると、読みたいのではなく、欲しいのだ、という答えが返ってきた。

東郷にしては珍しいなと思ったが、覗き込んだところ、確かに装丁も綺麗《きれい》で面白そうな本だった。

月や星、季節ごとの星座の名前などが詳しく写真入りで解説されていて、確かに読んだから、と満足できる本ではないのだろうと思った。自分のものにして、何年もかけてその価値をわかる…、そんな類《たぐい》の本だと思った。

東郷らしいこだわりだった。見てくれよりもずっと繊細な一面を持つ東郷に、その本は似合いのような気がした。

実際、あまり本などに目を通さない水瀬が手に取ってみても、すぐに読みいってしまうような面白さがあった。おそらく、文系で本好きである東郷にしてみれば、なおのことだと思う。

読みふけったあげく、自分が三十分以上もそこにいたことに気づき、水瀬は本を閉じた。

東郷にやりたいな…、と思った。

東郷はあまり小遣いを持たないらしく、四人の中でもとりわけ堅実な金の使い方をした。

水瀬の家も、父親はサラリーマンで裕福な家庭というわけではなかったが、それでも小遣いとしてもらう額面は、東郷よりは多かった。

綾星では、アルバイトをしている学生は皆無に近い。勉強量においてはかなりハードな進学校だからだ。

課題や予習の量も半端ではない。留年や落第を認める校風でもない。授業に置いていかれないでおこうと思えば、バイトに費やす時間はなかった。

水瀬とて、高価な本を気安く贈れるほど金回りがいいわけでもなかったが、それでもその本を東郷に贈りたくて仕方がなくなった。

財布を開け、中に三千四百三十円しかないのを見て、小遣い日までの残り日数を数える。小遣い日まであと四日、今月は繰り越し額が多いともくろんでいたが、それも皮算用のようだった。

数日間、昼休みまでの空腹覚悟で水瀬は本をキャッシャーに持っていった。

これまで、あえて自分からプレゼントしなくても、周囲の女の子達が寄ってくる立場だったので、誰かを好きで何かを贈りたいと思ったのは初めてだった。

プレゼント包装の青いリボンを貼りつけてもらってから、水瀬は本を贈る口実をあれこれと頭の中でシミュレーションする。

そんな口実作りさえ、どこか楽しい。男の東郷にこんな想いを抱くのは、ひどく不毛なことだったが、それでも喜ぶ顔が見たいからだと、自分に自分で言い訳する。

結局は、一か月も前になる東郷の誕生日を無理やりこじつけることにして、水瀬は本屋を出た。

「だめったら、だめよ。どうして、あんたは毎月、毎月、計画的にお金を使うってことができないの？

お母さんだって、お父さんの稼いできた中から、あんた達の食費を出し、お家賃を出し、あんたのお小遣いまで出してんじゃないの。そんな、毎月、『足らなくなりました』『ああ、そうなの、はい』って、あんたに渡すわけにはいかないの。

ほら、わかったら、さっさと学校行きなさい」

今でもマンション内では、そこそこ美人の奥さんで通っている水瀬の母親は、ひとり息子の前では、歯に衣着せぬ言い方をする。

今朝も、水瀬がトーストを齧《かじ》っている間に、てきぱきと父親のぶんと水瀬のぶんの弁当を詰め、ナプキンで包んで食卓の上に置く。

「だから、俺、昨日、ベランダの鉢植えの水やりもしたし、食器も全部洗ったたし、母さんの肩もみもしただろ」

「あんた、そんなの、毎日やって当たり前のことを、しただけじゃない」

口を尖らせながら牛乳をあおる水瀬を、母親は洗い物を片付けながら、振り返って強く睨《にら》む。

これ以上は母親にねだっても無駄だとばかりに、水瀬はトーストのかけらを喉に流し込むと、玄関を出ようとしている父親のもとへ走っていった。

「父さん、俺も一緒に駅まで行くよ」

だから、ちょっと待って…、と弁当箱を鞄に押しこみ、水瀬は革靴に足を突っ込んだ。

「父さん、鞄持つよ、俺」

書類鞄を奪い取り、にこにこと笑顔を振りまく息子に、父親は呆れたような顔をしながらも、スーツの内ポケットに手を入れた。

「小遣いが足りんらしいな、いくらだ？　父さんも給料日前だから、そんなにやれんぞ」

「あ、五百円もあればいい。腹が減るのは我慢するけど、今、ジュース代もないから」

母親と違い、父親に給料日前だと言われると、水瀬も強くは甘えられない。

「なんだ、この間は三千円ちょっとあるから、小遣い日まで安泰だなんて言ってただろう」

「…俺、そんなことまで言ったっけ…」

底が浅いせいで、身内には自分の手の内のありったけを見せてしまう傾向のある水瀬は、額に手をあてる。

「好きな子にプレゼントでもしたのか？」

「まあ、そんなとこ。誕生日だったから」

すでに身長では追い抜いてしまった父親と肩を並べ、マンションを出た水瀬は駅までの道を歩く。

母親とは恋愛結婚をしたという父親は、比較的、年頃の息子に理解があり、水瀬もときおり、母親には言えないようなことをこっそり話したりすることもあった。

「喜んでたか？」

「うん、…思ってたよりもずっとね」

本を手渡した時の、東郷の本当に嬉しそうな顔を見て、水瀬は贈ってよかったと心の底から思った。

本当にいいのか？　と、何度も念押ししたあと、大事にする、と東郷は嬉しそうに呟いた。

実際に、本を見る目がそれが嘘でないことを語っていた。

「まぁ、そんな子は大事にしろ。父さんも、母さんとは高校の時からのつき合いだからな」

「ふうん、続くもんなんだ」

頷く水瀬に、まぁな、と父親は肩をすくめた。

「それより、おまえ、勉強しろよ。今のうちだけだぞ、勉強に専念できるのは。父さんぐらいの年になると、もう、学びたいことがあっても、仕事、仕事で学べないからなぁ」

「そんなもん？」

「そんなもんだよ」

駅の改札をくぐり、首をひねる水瀬に、父親はじゃあなと片手を上げて神戸行きのホームへと上がっていった。

Ⅳ

それはふとした偶然だった。

水瀬は職員室で、長く伸ばした前髪について、担任から今学期になって数度目の説教をくらっていた。

綾星の校則では、髪型は前は眉にかかる程度、横は耳にかからないほどの清潔感のある短髪と定められている。前髪とサイドを鼻の半ばまで伸ばした水瀬は、ことあるごとに風紀担当教師と担任とに、つかまっては叱られていた。

やや色素の薄いつやのある髪を、きれいに切りそろえた髪型は、輪郭は細いものの、面長で目鼻立ちのはっきりした水瀬によく似合っていた。

しかし、学校側から見れば、髪型の似合う似合わないは問題ではないらしかった。

それでも水瀬もなれたもので、長い説教を、でも、先生、俺、これが一番似合うんですよ…と、憎みきれない笑顔でのらりくらりとかわす。

下手《へた》に反抗されるよりも、目の前でにこにこされると担任もあまり厳しくは言えないらしく、似合っているからといって、おまえ、ひとりを見逃すわけにはいかないから…と、かわりに水瀬を根負けさせるために、説教の時間を長くしてくる。

それをへらへらと聞き流しながら、水瀬は担任の机の上に広げられた、進路指導の用紙らしきものを、見るともなしに眺めていた。

クリップで左肩を止められた用紙が、なまぬるい風を送る扇風機であおられては浮かび上がる。

何度目かに浮かび上がった用紙が、ついに風に負けてめくれると、ちょうど開いた場所は東郷のページだった。

両目ともに裸眼で二・〇の視力を誇る水瀬は、何食わぬ顔をして、その志望校欄に目を滑らせる。

O大経済学部、O大文学部、K大経済学部…と、自分の知っている通りの東郷の志望校を確認し、O大を狙うべく、いよいよ自分も腹の底で決意を固める。

そのまま、そのほかの欄を眺めていたのは、単に好ましい男に対する興味からだった。

履歴書のように、これまでの学歴や住所が並んだあと、家族欄があった。

こんなものまで進路指導に使うのかと、半ば呆れ、半ば感心しながらも、確か東郷には弟がいたはずだとそのまま盗み見を続けた。

馨というような、少女めいた名前をつけた両親の名前は何なのかと、父親の名を探す。

何度もその欄を確かめた。

自分の目がおかしいのではないかと、首を伸ばし、覗き込んだところで、担任に頭をはたかれる。

「こらっ、神妙に話を聞いてるかと思ったら、俺の話を聞かんかっ」

「ちょっと待って、先生。ちょっと、ここだけ…」

身を乗り出し、水瀬は机の上の用紙の束を取り上げる。

「このアホうっ。これはマル秘だっ。見るなっ」

取り返された用紙を丸められ、もう一度、頭をはたかれた。

「だいたい、おまえは少し、気持ちがふらふらしすぎとる。もう、この時期になったら…」

一から説教を再開されながら、水瀬は何度も最後に覗き見た、東郷の家族欄を頭の中で思い返していた。

進路指導票の中で、東郷の父親の名字は、三崎《みつざき》となっていた。


「なあ、浅井…」

体育の時間、体育館でクラスをチームに分けてのバスケットをコート脇で見ながら、抱えた膝を前後に揺すり、水瀬は浅井に呼びかける。

「なんだよ」

外よりましとはいえ、熱気のこもった館内で、夏服のズボンと同じ、ブルーグレーのラインの入った体操着で胸許にぱたぱたと風をあおぎ入れながら、浅井はだるそうな声を出す。

コートの中では、ちょうど赤の鉢巻きをつけた伊集院のチームと、白鉢巻きの東郷のチームとが対戦していた。

素早い動きのフェイントと速攻とで相手の隙《すき》を狙うのがうまい伊集院と、ブロックや力強いカッティング、正確なロングシュートを得意とする東郷とで、試合は白熱化している。

「馨ちゃんてさぁ、なんでお父さんと名字が違うんだ？」

しばらく体操着で胸許に風を送り続けたあと、ようやく浅井は顔を上げた。

「おまえ、それ、誰に聞いたよ」

浅井は愛敬のある丸眼鏡に似合わぬ、めったに見せたことのない厳しい顔を作る。

「…昨日、職員室で偶然見ちゃったんだよ、進路指導票。…大村に怒られてる時に」

浅井のあまりにも険しい顔つきに口ごもり、それでも、少しでも東郷のことが知りたくて、水瀬は多少の後ろめたさを感じながらも言いつのる。

「…離婚…、したんだよ。二、三年ぐらい前に、両親が」

浅井は眉間に皺を寄せたまま、しばらく床を睨んでいたあと、口を開いた。

「おまえ、そんなこと馨に言うなよ。知ってるなんて、絶対に、言うなよ」

鼻先に指をつきつけられ、水瀬は何度も頷く。

「…でも、…少しぐらい、教えてくれてもよかったじゃないか。俺…、あいつの前で、父さんの話いっぱいしちゃったよ」

手の中の鉢巻きを折りたたんではねじる水瀬に、普段の表情に戻った浅井はあぐらを組み直す。

「それは、俺達が話すことじゃないだろ。馨がいいと思って初めて、おまえに話すことだろ」

それに…と、浅井は言葉を続ける。

「それに、どうして、俺達にそんなことが言えるよ。あいつがどれだけ自分の父親を誇りに思ってるか、どれだけ父親を尊敬してるか、おまえも知ってるだろ」

水瀬は頷く。

出版社勤務の東郷の父親は、これまでもいくつかの自分で撮った写真をおさめた旅行記を出し、評判をとっていたらしかった。

文系を志望する、普段は寡黙な東郷の口から、何度か熱っぽい声でその父親について語られるのを聞いたことがある。

けしてまわりが見えないほど心酔しているわけではないらしいが、東郷に文字の読み書きを教え、本の面白さを教え、今のものの考え方の基盤を作ったのは、その父親であることが、まだ会ったことのない水瀬にも十分にわかった。

そんな時の東郷は、心底、自分の父親を誇りに思っているらしく、そんな東郷の語り口を聞くたびに水瀬は、東郷と同じように寡黙で男らしい父親を連想したものだった。

どんな思いで東郷がそれを話していたのだろう、そう思うと、水瀬は少し泣きたいような気分になった。

「試合なのに、珍しく、おとなしく見てると思ったら、おまえ、そんなこと考えてたのかよ」

少しきついことを言いすぎたと思ったのか、浅井が笑って水瀬の肩をついた。

「…まぁな…」

水瀬は抱えたままの膝に頬を乗せ、丸めた身体を前後に揺らし続けた。

体育科の教師が吹くホイッスルの高い音が、試合の終了を告げた。

家に帰り、電車を阪神から、東郷の使うＪＲに変えたいと母親に申し出ると、最初は定期代が高いと叱られ、次には徒歩でいける阪神から、自転車を使わなければ通えないＪＲに何を思って…と、呆れられた。

そんな母親の顔をつくづく眺め、俺、父さんもいるし、母さんもいるし、よかったわ…と呟くと、呆れたような顔で、さっさとお風呂に入ってちょうだいと浴室に押し込まれた。

狭いユニットバスの中、濡れた指で、シャンプーのボトルの並んだ棚の上の耐水性のラジオをつける。

よくあるような片思いの女の子の手紙をＤＪが読みあげたあと、その少女のリクエスト曲がかかった。

何度か耳にしたことのある懐かしいヒット曲で、高音がやけによく響く曲だった。甘く、高い、透明感のある潔癖そうな少女めいた声は水瀬の好みだった。

ぼんやりと湯舟につかってその声を聞いていると、虚飾と悪意に満ちたこの世界で、まだひとり、空の青さを信じている君…という歌詞が繰り返される。

東郷のことみたいだ…、耳に残ったそのフレーズを口の中で繰り返して呑《の》み込むと、微笑ましくなった。

——愛を探し続ける君の心が折れないように、街の悪意に染まらないように、
顔をまっすぐに上げ続ける君の涙が無為に流れないように、
ただ空の青さを信じる君を僕は守りたい。

耳に残るヒット曲特有のサビを何度か繰り返す少女の声が、いつまでも胸の奥に響いてくる。

確かにどこか清々《すがすが》しさすらある東郷の横顔は、いつもそんな風に水瀬の気持ちを切なくさせる。

澄んだ目で頑《かたく》なまでに何かを信じようとする人間が、東郷の他にもどこかにいるのかと、湯舟の中で濡れた髪に指を通しながら水瀬は思った。

そして、DJが読みあげた手紙の内容を、もっとよく聞いておけばよかったと思った。

V

九州への修学旅行も間近にせまった七月、O大の経済学部を志望すると宣言した水瀬は、放課後の教室で、三人によって、英語、現国、古典、日本史、世界史の文系面を強化するた

めの集中レクチャーを受けていた。

かといって、天才肌である浅井の、ほとんど勘に近い説明が水瀬にわかるはずもなく、もっぱら説明をするのは、伊集院か東郷だった。

「あー、もうだめだっ！　頼むから、これ以上、俺に古語を吹き込まないでくれっ」

「わかった、十分の休憩な」

古典の問題集を前にシャーペンを放り出し、頭を抱え込んだ水瀬を前に、東郷は冷静に腕の時計を見る。

「よしよし、ご褒美に俺がジュースでもおごってあげよう」

つやのある水瀬の髪を撫で、横でリーダー訳を片付けていた伊集院が財布を片手に立ち上がる。

「じゃあ、俺、コーラ」

篤彌クン、好きよん…と、自分に甘い伊集院に大仰な投げキスを投げ、水瀬は満面に笑みを浮かべた。

「俺、コーヒー、砂糖抜き、ミルク入りね」

それまで黙って『ホーキングの無境界条件宇宙論』という、タイトルからしてすでに怖《おそ》ろしい文章を読んでいた浅井はズボンのポケットから小銭を伊集院に渡す。

「馨、行こう」

伊集院は当然のように東郷をうながす。

「何、おまえ、その本。人間原理って何？　ユークリッド的ド・シッター宇宙ぅ？　宇宙って何種類もあんの？　よせやい、そんなの日本語じゃねぇぞ」

伊集院と東郷が連れ立って教室を出ていったあと、浅井の手にした本を覗き込み、ただでさえ、古語で脳にダメージを受けている水瀬は、行儀悪く両脚を机の上に投げだし、ぼやく。

「まあ、すごい日本語だからなぁ。日本語訳が悪いのか、それともこうとしか訳せないのか」

それより、おまえ…、浅井は本を机の上に放り出すと、組んでいた脚を解《ほど》き、やにわに水瀬のほうへと向き直った。

「最近、妙に馨のこと、意識してないか？」

「…え？」

平静を装ったつもりだったが、とっさに片方の眉が跳ね上がって、浅井はやっぱりそうか、と目をおおった。

「おまえ、ちょっと待てよ、ちょっと。俺、まだなんにも言ってないだろ。意識なんかしてない、してないよ」

だって、俺、女の子、好きだもん…と、腕にすがって揺さぶる水瀬を、浅井はげんなりしたような顔つきで見る。

「バーカ、おまえみたいな底の浅いやつが、この俺に嘘なんかつけるもんか。最近、授業中はずっと、馨のこと見てるじゃないか。

今さっきだって、うっとりしたような目つきで、馨の顔覗き見て…。

でも、おまえ、…それ、伊集院に気づかれるなよ。俺はいつ伊集院が気づくかと、気が気じゃなかった。いいや、あいつのことだ。もう気がついてるかもしれない」

くわばら、くわばらと、浅井は芝居がかった仕種で頭を抱える。

「もし、俺が東郷のこと、どうこう思ってたとしても、どうして伊集院が怒るんだよ」

「おまえは伊集院の怒ったとこ、見たことないから、そんな呑気《のんき》なこと言えるんだよ。ああいう普段人当たりのいい男が一度機嫌を損ねると、どれだけ怖いと思ってるんだよ。

おまえ、それともあれか？　いつも伊集院があれだけ、おまえのこと可愛い、可愛いっていってるの、冗談だと思ってたのか？」

「…いや、知らないけど…」

普段から、女の子に接するように自分を甘やかす伊集院の態度を思い返し、水瀬は口ごもる。

浅井は丸眼鏡を外すと、取り出したハンカチで磨き出した。

「伊集院はいいよ。あいつはもともと、きれいなものが好きなんだし。ああいうキャラクターなんだから、別に、相手が男でも、おまえのこと、可愛い、可愛いって甘やかしてても。

あいつ、おまえにかまいだしてから、ちょっとまともになったんだから」

「あいつって、まともじゃなかったの…？」

完璧なほどの人当たりの良さと、学年一ともいわれるフェミニストぶりを発揮する伊集院の、まともでない姿が想像もつかず、水瀬は首をひねる。

「ばーか、そういう意味じゃなくって、あの顔とスタイルの良さをいいことに、もっと、チャラチャラ遊びまわってたんだよ。それこそ、いつか、どこかで病気もらってくるぞ、おまえっていうぐらいに」

「げっ…」

「まあ、それは極端だとしても…、今よりずっと、何考えてるのかわからないようなところがあって…。今は、少しそんな遊びも落ち着いてるから、去年の今ごろなんか、この際、相手が男だろーが、なんだろうが、多少は目をつぶっとくかと思ってたんだけど。

でも、よりによって、どうしておまえまで、男の馨を色気づいた目で見てるんだよ。よせよ、不毛だぞ、男同士なんて。女の子は、可愛いし、柔らかいし、毛も少ないし…、いいぞ、女の子は」

「だから、違うって言ってるだろ」

水瀬はむきになって、浅井の首にロックをかける。

「馨ちゃんは…、馨ちゃんも、伊集院みたいに遊んでんの？」

浅井の首に腕をまわしたまま、水瀬はふと不安になって尋ねる。

「馨はなー、何も知らないっていうわけじゃないだろうし、そこそこ経験もつんでると思うよ。ただ、あいつは家のことがちょっと複雑で、あまり女の子にかまってられないっていうのか、そうそう時間もさいてられないみたいだから。

それに、俺達、おまえが入ってくるまで、あんまり自分の女関係で突っ込んだ話してなかったからなぁ。おまえぐらいだよ、お子様日記みたいに、今日あったこと、昨日の帰り道のことなんて、ぺらぺら毎日報告するやつなんて…」

水瀬のロックを解くと、浅井は毒突く。

「馨だからいいのか？」

ふいに、ふざけた口調から、がらりと変わった低い声で尋ねる浅井に、水瀬はこれ以上しらを切っても無駄だと腕をほどき、観念して頷く。

「おまえ、それが一番、質《たち》が悪いんだぞ」

再び、閉じていた本をとりあげると、浅井は呟く。

「…だって…」

半袖シャツの折り返しをくしゃくしゃに握りしめ、水瀬は唇を噛む。

「別に言わねぇよ。伊集院にも、馨にも。それは、おまえらの問題なんだから…」

浅井は本越しに水瀬を見ると、溜《た》め息《いき》をついた。

三章

車窓を過ぎる、家と家との間隔が広くなる。

北アルプスの麓《ふもと》の平らかな土地には、青々とした夏野菜の畝《うね》が並んでいる。

白い入道雲が立ちのぼる真っ青な眩しい空の下には、穏やかで平和な風景が広がっていた。

昼下がり、四人を乗せた車両には、家族連れや若いカップルが多かった。ざわついた明るい車内には、時々、子供の甲高《かんだか》い声や、それを叱る母親の声が響く。

日差しはきつかったが、湿度が低く、空気が澄んでいるせいで、天井に取りつけられた扇風機がまわる車内では、不思議と蒸し暑さは感じられなかった。

松本で特急から単線に乗り換え、四人は各駅停車で信濃大町《しなのおおまち》の駅を目指していた。

夏休みに入ってすぐ、この信州の安曇野《あづみの》への旅行を提案したのは伊集院だった。父親の勤める商社がこの信濃大町に保有する、保養施設へ泊まろうというのだった。

車窓の外によく目につく、細やかな青い葉を茂らせ、天に向かって手を伸ばすようにまっすぐに上へと伸びた細い枝ぶりの木を指差し、伊集院は水瀬に、あれはここらあたりに特有の桜だと教える。

ソメイヨシノよりも桜色が濃く、花びらの細かい薄い花は、満開になると枝に一面に淡い紅色の星が咲いたようで、五月の上旬になると、そこいら中でその清楚《せいそ》で可憐《かれん》な花を咲かせるのだと伊集院は言った。

甘く軟派そうな見かけとは異なり、こいつは意外に繊細なやつなんじゃないかと、あいかわらず耳に快い伊集院の声を聞きながら、水瀬は思っていた。

友人同士でここまでの長旅をするのは初めてだった。

つき抜けるような青い空に、穏やかな夏の風景。時間に束縛されない、充実した解放感があった。

松本駅で、乗り換えの時に買ったアルコール類が重い。

あの駅前で酒を買うのはほとんど無理だから…、との伊集院のアドバイスにより購入したビールなどの入ったビニール袋が、荷物の中では一番の重さだった。

それでも友人同士での初めての酒盛りという、わくわくするような期待感で、瓶の重さはいっこうに気にならなかった。

水瀬は、長めの前髪越しに東郷を盗み見る。

Tシャツにジーパンという、ごく飾りけのない格好の男は、電車の窓縁《まどべり》に頬杖をついて、窓の外の景色に目を眇《すが》めている。

日に灼けた滑らかな肌がシャツの袖から覗き、水瀬はあわてて目を逸らす。引き締まった筋肉のついた二の腕に目が吸い寄せられたようになって、自分でもあからさまに狼狽《うろた》えているのがわかる。

あわてて週刊誌の吊り広告の水着姿のグラビアの少女の丸い胸や腰つきへと目を移し、自分の中で生理反応のまともさを確認する。

電車が信濃大町の駅に止まったところで、水瀬は重い鞄を持ち上げて、男くさいくせに自分にとってたまらない魅力を放つ東郷から、逃げるように扉口から飛び出した。

「すげーっ、涼しーっ」

単線の駅で降りると、目の前に北アルプスの青い山並みが連なる。

涼しい風が頬を撫でる。

東郷に感じたやましい魅力のことを忘れて、水瀬は松本駅で乗り換えてから、ずっとあげ続けている歓声を再びあげた。

自分の持っている服のアイテムの中では一番のお気に入りである革の黒いキャップを斜にかぶっていたのを脱ぐと、さらさらの癖のない髪をさわやかな風に吹かれるにまかせる。

「いいよなー、これ。かっこいいよなー」

「貸してやるよっ」

キャホホーッ、としきりとうらやむ浅井の頭にぐいっとキャップをかぶせると、水瀬は歓声を上げ、両腕を振りまわしながら、影を造るビルがほとんどないバス停までの道を、軽い足取りで走っていった。

「なんで、あいつ、あんなに猿みたいに元気なんだよ」

涼しい風が吹くとはいえ、遮るものの何もない夏の日差しはギラギラと肌に痛いほどだった。

バス停の前で、膝丈までのデニムから日に灼けたまっすぐな脚を直射日光に無造作に晒《さら》して立つ水瀬を見て、強い日差しにキャップを目深《まぶか》にかぶり、浅井はぼやく。

「子供だからねぇ…」

伊集院は楽しげに目を細めた。

「行くぞ」

東郷は自分の鞄のほか、さらに水瀬の残した荷物を肩に担ぐと、二人をうながして日差しの中に出た。


駅からはバスだった。一時間に二本しかない、貴重なバスだった。

駅を離れ、バスで北アルプスのほうへとどんどん山道を上ってゆくと、やがてバスは白樺《しらかば》の林の中にコテージやロッジの立ち並ぶ、別荘村のような場所へ入った。

真新しい今風のコテージもあれば、二、三十年前に建てられたような、形の古い、山荘といった趣の建物もある。

「げっ、むさくるしい山男がいっぱい泊まってそうな古い小屋がある。神様、お願いですから、商社の保養施設なるものが、あんなむくつけき山男達の小屋じゃありませんように」

両手をあわせてブツブツ祈る水瀬を、浅井は後ろから小突く。

「テント張って野宿じゃないだけ、ありがたく思えよ。何、お嬢様みたいなこと言ってんだよ」

「だって、俺…、イモリとか、でっかい蛾《が》とかって苦手なんだよ」

水瀬は細めの眉をひそめる。

「虫は…、けっこう多いんじゃないかな」

伊集院の言葉に、げぇっ…と、声を上げた水瀬は、悪魔のような笑い声をたてる浅井をにらむ。

トホホ…と肩を落とし、水瀬が今晩のむさくるしい宿泊施設への覚悟を決めはじめた頃、バスは別荘村の中でも会社の保養施設が集まった一画へと入った。

道路脇に去年からの枯れ葉がたまった道でバスを降り、虫と聞いて及び腰の水瀬を引っぱって、三人は今日の宿泊地を探す。

「伊集院、あれか？　あのドーム型の緑の屋根の」

保養施設内の敷地図を見て、浅井が伊集院を振り返った。

水瀬が頭の中に描いていた古びた山荘のイメージとは裏腹に、そこには両開きの白い玄関ドアを持つ、真新しい建物が建っていた。

「あー、助かった。すっごいきれいじゃないか。そうなら、そうと早く言ってくれよ。伊集院が虫なんか出るって言うから、俺なんか、すっげぇ汚くて、黄色い蛍光灯が音立ててちらつく、むさくるしい山小屋みたいなの想像しちまったよ」

イヤッホーィ…、再び水瀬は歓声をあげ、建物の玄関まで走ってゆく。

「あいつは猿以下だな」

浅井は振り返り、二人の友人に同意を求めると、高い白樺の隙間から澄みわたった空を見上げた。


「おばちゃん、おいしかったよ」

管理人の用意した山盛りの手料理を根こそぎたいらげ、満足げに喉を鳴らしながら、水瀬はテーブルの上の食器を厨房《ちゅうぼう》へと運びこむ。

食べ物の前にはプライドがないといわれる性格そのままに、水瀬は積み上げられた流しの皿を一緒になってその年配の管理人と洗っている。

あれも美味《おい》しかった、これも美味しかったと、手放しで食事をほめる水瀬にその管理人も悪い気はしないらしく、食後に自前らしいシャーベットをふるまってくれた。

ドーム型の施設の中央をメイン・ダイニングにしたその保養所は、その周囲に配された八畳ほどの畳の三部屋をのぞき、すべてフローリングだった。

テーブルや窓枠など随所がパイン材で統一されていて、洒落たコテージ風でもある。

残りの二部屋の客がいないのをいいことに、四人は大きな顔でリビングを占領していた。

「それじゃ、伊集院さん達、あたしはこれで帰るから、お風呂は自分達で入れてね」

一同が到着した時、男前ぞろいで料理の作りがいがあるよ、と豪快な笑いを見せた管理人は、車で十五分程度のところに住むという。

施設の掃除と料理の準備をその主な仕事としていて、住み込みではなく、自宅から通ってくるのだという。

それでも、一年の半分以上は雪の中に埋もれてんだから、贅沢《ぜいたく》な保養所だよ…、その体格に見あわぬ几帳面《きちょうめん》さでその山荘を磨きあげているかっぷくのいい女は、やはり外見に似合わぬ見事な料理を並べながら言った。

「追い炊きはできないからね、お湯をはったらすぐに入らないと、夏でもすぐに冷めるよ」

十人は一緒に入れそうな広い浴室に伊集院を連れてゆき、説明する管理人の声が、食後にダイニングでテレビを見ている浅井や東郷にも聞こえてくる。

「じゃあ、また明日もよろしくお願いします。気をつけて、おやすみなさい」

風呂の説明を受け、裏口まで管理人を見送る伊集院のそつのない挨拶に、待っている三人は苦笑する。

「さて、さっさと風呂入って、酒盛りといきましょか。馨と伊集院、先入ってくれば？」

シャーベットを盛ってあったガラスの器を厨房の流しに運びながら、浅井がのんびりとした声を出した。

「ＯＫ。馨、行こうか」

それまで観光ガイドをくっていた伊集院が、立ち上がって東郷をうながす。

あの風呂広いから、一緒に…、と言いかけ、水瀬は口をつぐんだ。

「浅井、ありがとな」

タオルを片手に長身の男が二人、先に浴室に消えるのを見送り、水瀬は背もたれを前に椅子に逆に跨《また》がり、バラエティ番組の画面を指差して笑う浅井を見た。

「だって、俺、男三人の赤裸々な関係なんか見たくないもんな。修学旅行と違って、流れ作業の風呂じゃないから、どうせおまえ、馨のヌード見て妙に意識するんじゃないかと思ってな」

俺だって、男が男の裸見て、ちんちん勃《た》てるのなんて見たくないし…と、眼鏡を外してテーブルの上に置きながら、浅井は大きく伸びをする。

質の悪い三角関係をさっさと下ネタに振ってしまい、話を終わらせようとするのは、浅井の思いやりだった。

「管理人さんもいなくなったし、探険しよっか？」

「おう、まずは冷蔵庫からなっ」

浅井の提案に元気に応じ、水瀬は宿泊者用とは別に厨房に置かれた、扉に勝手に開けないようにとの貼り紙がされている大型冷蔵庫を開けた。

「お、明日はおろしハンバーグのようです。嬉しーっ」

水瀬は冷蔵庫脇の手書きの献立を眺め、おばちゃん、うちの母さんより料理うまいもんなーっ、と嬉々として扉を閉める。

「贅沢な造りだよなぁ、さすがは天下の丸越。やっぱ、一流一部上場は違うわ」

浅井も、吹き抜けとなったドームの真ん中で天井を見上げて奇妙な感心をすると、ほかの二部屋の和室をのぞいてまわる。

「あれ、ここ、管理人さんの部屋か？」

最後の扉を開け、こたつを備えつけた、そこだけ妙に所帯じみた小ぶりの部屋を覗く浅井の後ろから、水瀬も一緒になって覗き込む。

アイロンや掃除機や洗剤などの並んだ納戸らしき入口の奥に、少し高くなった四畳半ほどの手狭な部屋があり、エプロンなどがかけてある。

「おばちゃん、顔に似合わず、文春とか新潮とか、わりに高レベルな本読んでるよな」

畳のへりに腰かけ、浅井は雑誌をめくる。

「へーぇ、舞台裏まできっちりした人なんだ。うちの押入れなんて、やたらめったら物が突っ込んであって、うちの中じゃ、ブラックホールとか、デッドゾーンとか呼ばれてんのに」

これ、うちと同じ掃除機だ…、棚の中を物色する水瀬を、雑誌をめくっていた浅井が呼んだ。

「おい、水瀬、これ、馨の小説が新人賞受賞した時の号だよ」

「馨ちゃんが新人賞？」

耳慣れない響きに首をかしげ、水瀬は浅井のとなりに腰を下ろした。

「ここ、ここ。東郷馨って」

浅井の指差す箇所の審査員評に、言われるがままに目を落とす。

審査員評には、初投稿でありながら受賞者が高校生であることへの驚きと、まだ未熟で粗削りなところがあるが、その静かでありながら力強い端正な文章、そして、十六歳でありながら大人も顔負けの冷静な観察眼を高く評価すること、次回作に期待していることを書いてあった。

「東郷馨って…、馨ちゃんのこと？」

何度もその評を読みながら、水瀬は呟くように尋ねた。

「…何、…おまえ、知らなかったの？」

気まずそうに口ごもる浅井に、水瀬は頷く。

「修学旅行中に受賞してて、伊集院が旅館のロビーに置いてあったので見つけたんだよ。確か、旅館の裏手の自販機のビール で乾杯したけど…。おまえ、あの時いなかったっけ？」

「俺、その時、森《もり》に誘われて、AV観れる部屋に行ってた…」

拗ねた時の癖で、膝を抱える水瀬の頭を、浅井は思いきり丸めた雑誌で殴った。

「痛《いて》ぇな、教えてくれたっていいだろっ」

「アホぅっ、仲間はずれにされた子供みたいな顔して、こっちが悪かったのかと思うじゃないかっ。アダルト観に行ってたようなやつに、教えてやる義理なんかないっ」

ひとしきり罵《ののし》りあって、やれやれと水瀬は髪をかき上げた。

「タイトルの『未成年』って、どういうこと？」

「さあ、俺もまだ読んでないから知らないけど、俺らぐらいの年の学生が、年上の女好きになるらしいんだけど、けっきょく、その女が嫁ぎ先で後家さんになって、二人の恋はますます追いつめられて…っていうような筋らしいよ。それで、主人公が自分の恋が実らなかったのは、自分がまだ成人前で、周囲に侮られてるせいだって何度も悔やむらしいんだけど、それからつけたんじゃないのかな」

「そっかぁ、やっぱ、新人賞取るともなると、考えつく題も知的だよな。俺、未成年って言うと、成人映画とか、酒、煙草ぐらいしか思いつかねぇ。馨ちゃん、現国の成績いいもんなぁ」

「そりゃ、おまえと馨とじゃ、ボキャブラリーが倍以上違うよ」

溜め息をつく水瀬に、浅井はシニカルな笑いを浮かべる。

「おい、風呂あいたぞ」

ドアを開け、首からタオルを下げた東郷が顔を覗かせた。


水瀬と浅井が風呂から上がると、四人はまずはこの旅行にと、次々にビールの缶を空けた。時間を置いて焼酎のコーラ割りにまで手を出し、かなり酔いがまわる。

水瀬は慣れぬアルコールにやたらとはしゃぎ、プライベートについては秘密主義である伊集院までも珍しく口が軽くなり、酔いのせいで互いに普段は口にしないようなことにまで話題がおよぶ。

ひとしきり、それぞれの初体験談を披露した頃だった。

「お茶か何か、ないか」

飲み終えた缶を、くしゃりとつぶした東郷が立ち上がった。

「熱いのなら、そこにポットがあるだろう。多分、煎茶《せんちゃ》だけど」

「いや、冷たいのがいいんだが」

立ち上がりかけた伊集院を制し、東郷はジーパンの尻ポケットに入れた財布を確かめる。

「ちょっと、買ってくる」

「バス通り渡ったところに、リゾートホテルがあっただろ？　あそこなら自販機もあるし、この時間でも入れるはずだ」

玄関のほうを指差す伊集院にひとつ頷き、長身の男は玄関へのガラス戸を開けた。

「…俺、…俺も行く」

しばらくその背中を見つめていた水瀬は、喉の奥から押し出すように言って、手にしていたビールの缶を床に置き、やや危なっかしい足取りで東郷のあとを追いかけた。

酔いが水瀬を助けた。少しでも東郷の側にいたくて、いつもならためらいが先に立つ言葉が、アルコールのまわった勢いで言えた。

目許をアルコールに赤らめた浅井が、わずかに咎めるような表情をしているのがわかっていたが、水瀬はそれに気づかない振りをした。

「大丈夫か？　なんなら、一緒に買ってきてやるぞ」

「大丈夫、平気」

水瀬は玄関先であわてて靴に足を突っ込み、案じるように自分を見る男に、首を横に振って見せる。

玄関を開けると、夜気が肌寒いほどだった。

「少し寒いな」

Tシャツ一枚の東郷に頷いた。

それでも酔いに火照《ほて》った頬には夜風は心地よかった。

それぞれの別荘の灯《あか》りと星明かりだけがたよりの、街灯ひとつない道だった。バス通りにそった街灯が、白樺の林の間に見える。それを目指してアスファルトの上を歩く。

ひんやりとした肌寒さが高揚した頭を澄ますようで、気分が良かった。

「…寒…」

酔った大胆さにまかせ、水瀬は東郷の腕に自分の腕を絡めた。水瀬のスキンシップ好きを知るせいか、東郷は何も言わなかった。

「馨ちゃん、小説で新人賞取ってたんだ…」

東郷が何も咎めないのをいいことに、水瀬は青年のがっしりした腕に熱っぽい頬を押し当てる。

一瞬、足を止めて東郷は水瀬の顔を覗き込み、ああ…、と短く肯定した。

「俺、知らなかったよ」

そうか…、答える声は太くて短い。

黙っていて悪かったという謝罪にも、知ったのかという、単なる相槌にも聞こえる。

あいかわらずの言葉少なな東郷の返事に、普段ならひるむ水瀬も、今夜ばかりは酔いに助けられ、よりいっそう強く東郷の腕に頬を押し当てる。

東郷はかなり酒に強いらしく、その足取りにも、声にも、少しも乱れがなかった。

目だけで東郷を見上げると、暗がりに浮かぶ顎の線が男っぽく引き締まっていて、やっぱりこいつは男前だと、浮かれた水瀬はひとり悦に入る。

「この旅行から帰ったら読むよ」

読みたいから…と、声を弾ませると、掲載は来週だと、ほんのわずかに照れの聞きとれる声で、東郷は告げた。

「本名なんだな」

「ペンネームなんて、考えつかなかったからな」

これ以上、小説の件に触れられるのは照れくさいらしく、低い東郷の声がわずかにこもる。

「でも、馨ちゃんの名前、十分、それっぽいよ」

バス通りに出たところで水瀬は絡めていた腕を解く。

東郷がどう思っているかは知らないが、ただの通りがかりにでも腕を組んでいるのを見られて、自分のせいで東郷が不快に思われるのは嫌だった。

アルコールがまわっていても、水瀬にはまだどうにか、それだけの分別はあるようだった。ホテル内の自動販売機のコーナーで何本か麦茶を買いこみ、もと来た道を引き返す途中で、再度、水瀬は甘えた仕種で東郷に腕を絡めた。

「なんだ？」

「寒いから」

水瀬は甘えた声で笑った。嬉しさで声がうわずっていた。それすらも楽しくて、水瀬は軽く鼻歌を歌う。

「おまえ、加減知らずに飲んだな。もう、これ以上は飲むなよ」

東郷は少し呆れたような声を出した。

「大丈夫、大丈夫。今、すごく気持ちいいから」

逞《たくま》しい腕を抱え込み、水瀬は歌うように言った。暗がりの中で二人で腕を組んで歩いていると、たまらなく幸せな気分だった。

「星がきれいだね」

梢《こずえ》の上に広がる星空に、水瀬は足を止める。つられるように東郷も足を止め、空を見上げた。

暗さに目が慣れると、頭の上に一面に広がる星は、普段、見えないような星達までが明るく光り輝き、知っているはずの星座もその星々に紛れてわからないほどだった。

「あれが天の川？」

天頂近くの細かな星が煌《きら》めき、白くぼうっと浮かび上がったあたりを指差し、水瀬は尋ねる。

「ああ、多分な」

「俺、初めて見たよ」

「俺もだよ」

あまり言葉数の多くない東郷の短い肯定が、今は嬉しかった。

しばらく共に足を止め、またたく星達を見上げる。

「…俺ねぇ、馨ちゃんと一緒にいると、普段は気づかないようなことが見えるような気がして、いつも楽しいんだ」

腕を組んだまま、十分もそこに立ちすくんで空を見上げたあと、水瀬は少しもつれた舌で秘密をささやくように、そっと口を開いた。

気分は確かに高揚していたが、それはずっと前から、おそらく東郷を意識しはじめる前から、思っていたことだった。

「…そうか？」

黙って夜空を見上げていた東郷が、不思議そうな表情で水瀬を見下ろすのがわかった。

「だから、俺、馨が好きなんだ」

麦茶の缶を抱えたままの東郷の腕に指をかけ、伸び上がると、水瀬はそっと東郷の唇に唇を寄せた。

ほんのかすかに唇が触れる。

東郷は逃げもせず、声も上げずに、珍しい生き物でも見るような表情で水瀬を見ていた。

「…へへ」

唇を離し、照れくささと嬉しさとで、水瀬が笑うと、額を指先で小突かれた。

「飲み過ぎたな、酔っ払い」

そう思うのなら、そう思ってくれていい…水瀬はまた笑うと、腕を絡め直した。

「帰るぞ」

水瀬に腕を取られたまま、キスなどなんでもなかったかのように短く言って、東郷は歩き出した。


「おばちゃん、料理うまかったよー」

釣りだ、サイクリングだと、童心に帰って、避暑地での生活を十分に満喫した三泊ほどの旅行も最後の日、水瀬は玄関先で見送る管理人に何度も手を振った。

管理人の家の畑でとれたという野菜を手土産に、四人は白樺の間の道をバス停にまで向かって歩く。

「また、来ような」

伊集院の言葉に、また呼んでくれと口々に言いながら、バスを待つ。

「やっぱり、絵みたいにきれいだよな」

バスを待つ間、連なる北アルプスの山々を見上げながら、浅井が溜め息をつく。

「空気も飯もうまいし」

な…、と水瀬は横に立つ東郷に同意を求めた。

「ああ」

東郷が口許をほころばす。

年よりもはるかに大人びて見える少年は、酔って、大胆になった水瀬のキスを、単にスキンシップの行き過ぎ程度にしか、思っていないようだった。

水瀬はそれに救われたような反面、どこかで寂しいような気持ちもあった。

何年たっても、こうやって相手にされずに終わるのかと、少し道化じみた思いが込み上げる。いくら想っても、報われないような気持ちが、どうして自分の中に巣喰っているのかと思うと、悲しいような気がした。

これが伊集院が自分に向けてくれる気持ちと一緒なら、伊集院も相当に辛いのだろうと、日陰を作るようにさりげなく自分の前に立ってくれている伊集院を見る。

浅井の指差す北アルプスの峰を見ていた伊集院は、水瀬の視線に気づいたようで、ゆっくりと視線を巡らすと、微妙に口角を上げて見せた。

これが切ないという気持ちなのか…と、水瀬は伊集院に笑い返す。

それでも、少しも悪い気分ではなかった。

信州の夏特有の涼しい風がそよぐ。連なる青い山並みが見事だった。

水瀬は少しでもこの夏の旅行を覚えていられるようにと、澄んだ空気を何度も胸に吸い込んだ。

やがてエンジン音を響かせ、白樺の間を抜けて、水瀬達を駅まで運ぶバスが曲がってくるのが見えた。

四章

Ⅰ

信州への旅行も終わり、夏休みも終わる頃、新人賞をとった東郷《とうごう》の小説が掲載された雑誌が、本屋の店頭に並んだ。

普段、手に取ったこともない純文学小説誌を、水瀬《みなせ》は発売日に本屋の開店と同時に買いに走った。

東郷の小説は、原稿用紙四百三十枚ほどからなる長編で、その小説誌の中でも、掲載のためにかなりのページ数が割かれていた。

小説など、読書感想文を書く時ぐらいにしか読んだことのない水瀬は、ほとんど丸一日、母親に呆《あき》れられるぐらいに部屋にこもりっきりになってそれを読んだ。

長野の諏訪《すわ》を舞台にした、戦前の物語だった。

主人公は名古屋に下宿する大学生で、休みで実家に帰省中、毎日、洋犬を連れて散歩している二歳上の女と親しくなる。しかし、両親の意向で、女は七歳年上の、上諏訪にある大きな造り酒屋の息子と結婚させられる。主人公も、人を介して女の家に結婚を申し込むが、主人公が年若であることを理由に女の両親は首を縦に振らない。

主人公は偲《しの》んでいた女の結婚に悲嘆にくれるが、嫁いでまもなく、女の結婚相手は病死する。

その後、人目を忍んで、主人公は何度か未亡人となった女に会うが、封建的な狭い町で、すぐに二人の仲は知れ渡るようになる。嫁ぎ先の両親に責められ、実家の両親になじられ、思い悩んだ女は主人公にあてた手紙を残して自害する。

作者が高校生であることを疑うような、おそろしく精緻《せいち》な文章で綴《つづ》られたその小説は、東郷の性格そのままに、端正で禁欲的な印象を与えた。

四季折々の諏訪の描写をおりいれながら描かれる想いや、時代的な道徳観、背景が、その文章にそぐっていて、繊細でありながらも、根底にある作者の力強い精神性が、一様に審査員の絶賛するところだった。

水瀬は熱心に何かを読む時の癖で、何度も神経質な仕種《しぐさ》で唇に触れながら、懸命になって東郷の小説を読んだ。

少しでも東郷の考え方が理解したくて、一度読んだだけでは理解できずに、最後まで読むと、また頭に戻って読み返す。こうまで熱心に、小説というものを読んだのは初めてだった。

何度か目を通してみて、物語の展開自体は飲みこめるものの、その奥に描かれているものが、いまひとつ、自分には理解できていないように思え、一晩、考えた挙げ句に、浅井《あさい》に電話をかけた。

「おまえ、もう読んだの？」

発売日って、まだ、昨日じゃなかったっけ…、朝の九時、電話で起こされたらしき浅井は、呆れたような声を出した。

「読んだけど、あんまりわかってないみたい。馨《かおる》ちゃんが、すっごい大事なこと書いてるみたいなのに、俺にはそれが何なのか、いまひとつよくわからないんだ。なんか…、うまく言えないけど、あいつの言いたいことを見落としてるような気がして…」

今から、買ってくるから、待っとけ、と溜《た》め息《いき》まじりに言うと、浅井は電話を切った。

水瀬は自分に文章に対するセンスがないことを、これほど口惜《くや》しく思ったことはなかった。

確かに、素人目《しろうとめ》から見ても、新人賞として賞されるだけの東郷の筆力の高さはわかったが、同時に東郷の精神性をこれだけ高尚なものに思ったことも、東郷という男をこれほど遠くに感じたこともなかった。

夕方近く、浅井から電話がかかってきて、作品の大まかな解説をしてくれた。水瀬は現国の授業でも見せたことがないほど熱心にメモをとり、疑問点を浅井に尋ねた。

「…おまえさぁ、そんなに熱心に読んでやるんだったら、あいつに感想のひとつでも書いてやれよ。きっと、そのほうが、どれだけ熱心に読みこんでくれたかわかって、東郷も嬉《うれ》しいって」

小一時間ほど、あれこれと水瀬に尋ねられた浅井は、最後にうんざりしたような声で言った。

「そんなこと、できないっ」

うろたえて、水瀬は叫ぶ。

「そんな…、あんなにすごい文章書くやつに、俺の小学生みたいな感想文なんか、見せれないっ」

「別に、感想なんて、小学生並みでいいんだよ。誰も、現国が六十三点のおまえに、評論家みたいな的確な感想なんか期待してないし。それより、あいつの小説読んで、どれだけおまえがもの考えたか、どれだけ心動かされたか、教えてやるつもりで書けよ。

きっと、東郷なら、わかってくれるって」

俺、彼女に電話する約束してるから…と、浅井には一方的に電話を切られ、水瀬はしばらく部屋で唸った挙げ句に、レポート用紙に、ここ数年書いたこともない感想文のようなものを書き出した。

拙《つたな》い字だった。伊集院《いじゅういん》の流麗な字とも、骨っぽいが読みやすい東郷の字とも違う、幼さのある拙い字を恨めしい思いで並べながら、シャーペンで書いては消し、書いては消しを繰り返し、十二時前になってようやく仕上げ、さらに少しの間、考えて、別の紙にそれを清書し直した。

それからさらに考えた挙げ句、母親がお礼状用にとストックしている便箋《びんせん》類をひっくり返し、透かしの入った少しこぎれいな封筒を引っぱり出して、レポート用紙をその中におさめた。

動悸《どうき》が激しくなるのがわかる。

ラブレターなど、書いたこともなかったが、もし書くとしたらこんな気持ちになるのかとも思ってみる。

自分の下心が紙面に少しでも表れていないかと、何度も透かし見る。

信州への旅行の時に水瀬が仕掛けたキスを冗談だと思ってでもいるのか、その後、夏休み中に何度か会った東郷の反応はいつもと変わらなかった。

下手《へた》に隔てを置かれるよりは、冗談だと思われていたほうがいい…、一抹の寂しさを感じながらも、水瀬はそう何度も自分に言い聞かせた。

伊集院が自分に向ける想いのような例が特殊なのだ。あれは伊集院だからこそ、まわりが笑って許すのであって、多分、水瀬が東郷に迫ったところで、しゃれにもならない。

寂しいなぁ…、水瀬は呟《つぶや》くと、封筒を制鞄《せいかばん》の外ポケットに折れ曲がらないように丁寧にしまいこんだ。

「馨ちゃんっ、おはよーう」

新学期、あらかじめ東郷のいつも乗る電車をリサーチしていた水瀬は、通勤客を押しのけ、甲子園口からのってきた東郷に声をかける。

「おまえ…、阪神じゃなかったか？」

驚いたような、少し日に灼けた東郷の顔を見上げ、水瀬は人に人なつっこい印象を与える笑顔を浮かべる。

「今日からJRに変えた。いーんだよ、どっち使っても、同じような距離だし、それなら馨と一緒のほうがいいし」

行き帰りが東郷と一緒になることを考えれば、朝、駅まで十分強、自転車に乗らなければならないことなど、苦でもなんでもない。

少し寂しがりなところのある水瀬の性格を知ってか、東郷はそれについてはそれ以上言わなかった。

「馨ちゃん、これ…」

水瀬は脇《わき》に抱えた鞄の中から封筒を取り出し、東郷に差し出す。

「なんだ？」

「馨の小説読んで、俺が思ったこと。文章なんか、小学生みたいで、とても馨の足許《もと》にもおよばないけど、でも、せめて俺が思ったことは伝えたいなって」

東郷は口許に手をあてると、視線を少し車窓のほうへとずらす。

「もう、読んでくれたのか…？」

それが東郷の照れを表す表情なのだと知るまでに、水瀬は少し時間を要した。

水瀬の見たことのない表情だった。東郷が見かけの大人っぽさに似合わぬ、少年っぽい反応をするのだと、初めて知った。

「発売日に買いに行ったから」

「ありがとう」

水瀬が差し出した封筒を、東郷ははにかんだような顔で受け取る。

「おまえって、すごいと思ったよ。あんな話を文章にできて、それがちゃんと評価されるほどの実力で…、おまえってすごいよ」

水瀬は熱っぽくささやく。

「馨ちゃん、これでプロになるの？」

受け取った封筒を丁寧に鞄の中におさめながら、東郷は首を横に振る。

「まだまだ実力不足なのはわかってるし、今回のは運がよかったっていうのもあるから。きっと、世の中っていうのは、俺達が思ってるほど甘くない。

それに、俺は大学でまだ見たいものや、知りたいものがある。大学行って、ちゃんと勉強してみて、その上で、まだやれるようならやってみたい」

「そっかー、堅実だよなぁ」

水瀬は唇に指をあてたまま頷《うなず》く。

同い年ながら、東郷のものの考え方は、いつもしっかりと地面に両脚をつけ、着実に一歩一歩進んでいるように思えた。

けして、要領がいいとはいえないかもしれないが、堅実で一本筋の通った骨っぽさのあるそんな東郷の考え方が、水瀬が東郷に焦がれてやまない理由のひとつでもある。

「そういえば、おまえ、英語の宿題やったのか？」

「…いや…、まだ…」

東郷の問いに水瀬は言葉を濁す。

面倒だからと一番最後にまわした、日米文化比較論を原書のまま読んで、英語でレポートを書くという宿題のことなどすっかりそっちのけで、水瀬は東郷の小説を読んでいた。

「伊集院に…、何が書いてあったのか聞くから…いてっ」

消極的な水瀬の言葉に、東郷は珍しく指先で額《ひたい》を突いた。

「ちゃんと自分でやらないと、実力つかないだろう」

「だって、どっちみち、あさって提出なんだから、今から読んでも間に合わないよ」

「今回はちゃんと教えてやるから、次からは自分でやれよ」

やるやる…と、何度も首を縦に振り、やっぱりＪＲに変えてよかったと内心で思いながら、水瀬は東郷が指を折りながら低い声で語る、評論の要旨に耳を傾けた。


「あれ、水瀬、阪神だろ？」

ビリヤードをやった学校帰り、環状線のホームから下りた階段のところで、伊集院は東郷と共に神戸線のホームへ行こうとする水瀬の肩に手をかけた。

「あ、俺？　俺、この間からＪＲに変えたんだ」

自分の下心を見透かされたようで、伊集院の回転の早さに驚きと慄《おのの》きを覚えながらも、水瀬はなんでもないことのように笑ってみせる。

「ああ、そうなんだ」

それと気づかせないだけの間を置き、伊集院は唇の両端を上げ、ひとつ頷くと笑ってみせた。

「じゃあ、また明日な」

うん、またな…、片手を上げて中央改札への階段を下ってゆく伊集院に手を上げ返し、水瀬は肩で大きく息をつく。

種類は異なるが、伊集院も東郷も浅井も、勘の良さでは多分に人より勝ったところがある。気づかれたのではないかと…、少し冷たいものが背中に走った。

「馨、行こ」

振り返ると、東郷が何か言いたげな顔をして、水瀬を見下ろしていた。

「何…？」

こいつも何か感づいたのではないかと、無理に笑って見せると、東郷は頭を一振りした。

「いいや」

東郷の中に何か疑念が芽生えたのなら、無理にでもそれを消し去ろうと、水瀬は神戸線のホームへと東郷を誘いながら、近所の猫の話や昨日見たテレビ番組の話など、凄《すさま》じい勢いでとりとめもないことを喋《しゃべ》り続けた。

「馨！」

東郷は日本史の選択教室から帰る途中を、試験管立てをいくつか抱えた伊集院に呼び止められた。

「ちょっと、手伝ってくれ」

科学を選択している際立った容姿の友人は、科学準備室のドアを片足で開きながら叫ぶ。

「何だ？　片付けか？」

東郷は、伊集院のために準備室のドアを開いてやる。

「そうだ、科学の森崎《もりさき》、毎回、俺に片付けを言いつけやがる。この間は日直の俺、その前は二日だったから出席番号二番の俺、今日もやられた」

今日は一番前に座ってたから俺だよ、畜生…、伊集院は毒突く。

「愛されてるな。水瀬と浅井はどうした？」

東郷は伊集院と一緒に科学を選択しているはずの二人の動向を尋ねた。

「笑うだけ笑って、パンを買いに購買へ走っていったよ」

友達がいのない奴らだとぼやくと、伊集院はビーカーの並べられたトレーを持ち上げる。

教卓に教科書を置き、東郷は残りの試験管立てを抱えた。

「科学室と準備室の仕切りの壁にドアを作っておかないところが、この校舎を設計した奴の無能なところだよな」

雑然とした準備室に残りのビーカーを運び入れながら、効率が悪い…と、伊集院は口を尖《とが》らせる。

「埃《ほこり》臭いな、窓開けといてやる。プリントが飛んでったら、ざまぁみろだ」

何年も開けられたことのないような汚れた窓を開け、伊集院は東郷を振り返った。

窓から差し込む夏の名残《なごり》の日差しに、色素の薄い伊集院の髪が栗色に光って見える。

ふいに伊集院が口を開いた。

「なあ、馨。どうして今ごろになって、水瀬が阪神からJRに変えたんだと思う？」

さりげないようだったが、それは前々から用意していたようなタイミングのよさだった。

その日本人離れした容姿のせいか、伊集院が着ると、折り返しのある白い半袖のカッターシャツと、ブルーグレーのサマーウールのスラックスとが、外国の私立学校の制服のようにも見える。

「さあな…、俺にはわからん」

東郷は無骨な容姿そのままの、実直な答えを返した。

「たしか、前に使っていた阪神の駅なら、水瀬の家から歩いて五分ほどのところだ。でも、JRなら、水瀬の家から自転車に乗らないと行けない距離のはずだ。俺は、てっきり毎朝おまえに会いたいって理由で、水瀬が電車を変えたのかと思った」

伊集院は窓際を離れ、東郷の側《そば》にゆっくりと歩いてきた。

背の高い男だった。クラス内でもっとも背の高い東郷とも、僅差《きんさ》だった。

「興味がないなら、水瀬には手を出さないでくれ」

「別に興味も何も…、俺はおまえもあいつも、いい連れだと思ってる」

「おまえがそう言うのなら、それは本当なんだろうな」

伊集院は苦笑しながらも、東郷の胸を軽く握った拳《こぶし》で小突《こづ》いた。

「でも、あいつは俺の…、本気なんだよ」

すれ違いざま、ひどく低めた声で、めったに見せない硬い表情を作った友人はささやいた。

II

土曜日の放課後、玉造《たまつくり》駅前のレンタルショップで、夢中でB級SFを探す浅井と東郷に呆れた水瀬は、洋楽のコーナーにいる伊集院の隣へやって来る。

「伊集院って、何聞くの？」

「うーん、だいたいはブリティッシュ・ロックなんだけどね。やっぱ、洋楽は買わなきゃ、だめかな」

いくつかのアルバムを手に取りながら、ハーフと見まごうほどにはっきりとした端整な顔立ちの青年は呟く。

「いいよな、何が好きって聞かれて、ブリティッシュ・ロックって言うの。俺、歌謡曲しか聞かないからさ。今度、貸してよ。ビギナー用のやつ」

「ビギナー用ねえ…U2とか、スティングとかでいいのかな」

無邪気にねだる水瀬に、長い指を形のいい顎《あご》の下にあてながら、伊集院は呟く。

水瀬の多少の我儘《わがまま》を、伊集院はいつも笑って受けいれる。同級生達からも一目置かれているこの青年が、ぬかずくように自分を甘やかすのが気分よく、水瀬はよくこの抜きんでた容姿の友人に甘えた。

「何でもいいよ。これがブリティッシュっていうやつ、貸して」

「じゃあ、明日、持ってくる」

男のくせに長い睫毛《まつげ》を揺らし、伊集院はゆるい癖のある前髪をかき上げる。

計算しているのか、いないのか、そんな仕種が、伊集院の日本人離れしたルックスを、より無国籍風に見せた。

私服で神戸などを歩いている時には、よくカナディアン・スクールの生徒と間違えられる伊集院は、綾星《りょうせい》の制服を着ている時には、年配の人間に交換留学生と間違えられたこともあった。

交換留学生はないよな、生粋《きっすい》のジャパニーズだって…、とさすがに伊集院もぼやいていたが、いまだに伊集院がからかわれるネタにもなっている。

「なぁ、この間のエレミア女子の松村《まつむら》さんだっけ、紹介してよ」

平均身長以上はある自分よりもさらに背の高い男を見上げ、水瀬は少し声のトーンを落とした。

数日前、駅で伊集院と一緒にいたところへ、エレミア女子の少女が声をかけてきた。

話の流れで、その少女と友達の女の子とで一緒に梅田へ出て、その日は四人でお茶を飲んで帰った。

何かと派手なことで有名なエレミアには珍しく、ふんわりした清純派のワンピースなどが似合いそうなタイプの少女で、笑う時に口許を隠す仕種が可愛《かわい》いなと思った。

信州での夜の自分の告白をどう取ったのか、あれ以来もまったく態度の変わらない東郷に焦《じ》れ、また、まだ自分が少女を可愛く思えるところにどこか安堵《あんど》して、水瀬は軽い気持ちで伊集院にねだる。

単に、いつもの他愛もない我儘の延長程度のつもりだった。

「松村…？　あぁ…」

伊集院は微妙に眉《まゆ》を寄せる。

「水瀬って、ああいうのが好みなの？」

「うーん、清楚《せいそ》っぽくて、可愛いなぁって」

「前にも浅井が言ってたけど、ああいう男受けする可愛さを売りにしてるタイプっていうのは、俺達が思うよりずっと遊んでるよ。つきあいたいなら、水瀬にはもっといい子紹介してあげるから、あいつはやめとけって」

少し照れて頭をかく水瀬に、人の悪口など言ったことのない伊集院が、これまで聞いたこともないほどに冷めた声で言った。

なまじ整った顔立ちをしているだけに、伊集院の言葉はひどく冷たく響く。

「おまえ…、あの子、嫌いなの？」

明るい店内に、最近のヒットチャート曲が流れる中で、伊集院の言いざまに水瀬は少し声を落とした。

「…別に…、あんなの、好きでも嫌いでもないよ」

わずかに肩をすくめると、伊集院は興味もないと言わんばかりに無造作に言い捨て、手にしていたＣＤをメンバーズ・カードとともにレンタルカウンターに出す。

自分の言った何かが気にさわったのかと首をかしげながら、水瀬は伊集院の横に一緒に並んだ。

「一週間でよろしいですか？」

伊集院の顔を見知った女の店員は、必要以上ににこやかだった。

「ええ、一週間で」

そつのない笑顔でそれに応え、伊集院は千円札を出す。

喋っちゃった、喋っちゃったぁ…、その店員がバイト仲間に小声でガッツポーズをとるのが、水瀬からも見える。

「おまえって…たいしたやつ…」

聞こえているはずなのに、何も聞こえない振りで澄ました横顔を見せる伊集院を、水瀬は呆れ顔で見上げた。

「いいんだよ。どうせ、俺の外見だけ見て、騒いでるんだから。柴犬や秋田犬を見慣れた目に、毛色の違うアフガン・ハウンドが珍しいだけさ」

騒がれ慣れているのか、伊集院は水瀬にしか聞こえない小さな声で呟く。

自分を犬などにたとえられるこいつは、もしかすると浅井以上にシュールなのかもしれないと、水瀬は思った。

「こちら、割引券のサービスです。お友達にもどうぞ」

「あ、どうも、すみませーん」

弾《はじ》けんばかりの笑顔と共にCDのキャリーケースに添えられて手渡された割引券に、水瀬も条件反射で微笑《ほほえ》む。

「人のこと言えるの？」

キャー、笑ったわー、と騒ぐ店員達に背を向けながら、伊集院が肘《ひじ》で小脇をつく。

「俺のスマイルなんて、おまえの天使のごとき微笑みに比べたら、屁《へ》だよ。屁。ゼロ円の価値もありゃしねー」

ぼやきながら、水瀬は浅井達はいい加減に目的のＤＶＤを見つけたのかと、いったんカウンターを離れた。

「あ、『羊たちの沈黙』」

水瀬はミステリーの棚に並べられたDVDに手を伸ばした。

「俺、これ借りてくるわ。一度、観たいと思ってたんだよね。従兄弟《いとこ》にミステリだったら、このレクター博士のシリーズだって言われたんだけど、俺、翻訳小説苦手だしさぁ。最初に映画から入ってみようかなって」

「それ、うちにDVDあるよ」

ビデオを手にカウンターのほうへ戻りかける水瀬の肩を、伊集院がつかむ。

「観に来れば？　今日」

「マジで？　行く、行く」

はしゃいだ声を上げる水瀬に、伊集院は眩《まぶ》しいものでも見るように目を細めた。

水瀬が目を輝かせてはしゃぐ様子は、どこか肉食獣の子供が指先にじゃれついてくる様子にも似ている。

いずれは大人になるしなやかで柔軟な身体《からだ》を持ちながらも、全体的にまだ青臭く丸みのある輪郭を目一杯にまでくずしてなついてくる自分の様に、伊集院などが性差を超えた興味をくすぐられるのだと、水瀬は知らない。

「なぁ、なぁ、お前らも行かない？」

まだ、B級SFを物色している浅井と東郷に水瀬は声をかけたが、二人はあっさりと、もう見たからいいと答える。

「じゃあ、俺達、行くからな」

そんな時にはベタベタしない男同士の常で、伊集院は鞄を持ち上げると、まだ棚に張りついている二人に声をかけ、水瀬をうながした。

水瀬は、口数の少ない東郷が、珍しく浅井と話し込んでいるのを未練がましく振り返ると、ドアを開けて待つ伊集院のほうへと踵《きびす》を返す。

「なんかさ、俺達、いっつもセットになるよな」

結局、水瀬の些細《ささい》な我儘に最後までつきあうのが伊集院だとも気づかないまま、水瀬は首をひねる。

「嫌？」

伊集院は微妙に首をかしげ、覗《のぞ》き込むように微笑んだ。

「おまえ、その笑顔、曲者《くせもの》だよなー。女の子が引っかかるわけだよ。覗き込まれて、こう、ニッコリされちゃなー」

水瀬は、共通の話題で東郷からあれだけ多くの言葉を引き出せる浅井を内心うらやみながら、レンタルショップの階段を下りた。

伊集院の家は、阪急神戸線の西宮北口《にしのみや》で今津線《いまづ》に乗り換えて、三つ目の仁川《にがわ》にあった。浅井や東郷は二、三度、訪れたことがあるようだったが、誘い上手の伊集院にしては珍しいことに、家にだけは誘われたことがなかったため、水瀬はこれまで伊集院の家を訪れたことがなかった。

きょろきょろと、川沿いに並ぶ大きな屋敷を見まわす水瀬を連れて、古くからの閑静な住宅街を抜け、ひときわ大きな構えの門の前で伊集院は足を止めた。

「伊集院…って、もしもしぃ、通用口があるんですけどぉ」

昔の武家屋敷のように大きな門の横にかかった表札を読み上げ、水瀬はあっけに取られる。

「いつもは、こっちから入ってる」

門の脇の通用口のような、それでも立派な開きの扉を開け、伊集院は招いた。

以前に学校で、伊集院の家は京都の公家の血を引いていて…、という話を聞いたことがある。

伊集院に、おまえんち、お公家さんなんだって、と尋ねた時、いつもの笑顔であいまいにはぐらかされたが、篤彌《あつひさ》という仰々しい名前といい、この重々しい屋敷といい、噂《うわさ》はまったく根も葉もないというものではないようだった。

「おまえ、そんなにインターナショナルな顔のくせに、こんな武家屋敷みたいなところに入っていくなよ」

小声で悪態をつきながら、水瀬は伊集院について門をくぐった。

「失礼しまーす」

マンション住まいの水瀬には、玄関から門まで打ち水をするほどに石畳の続く規模の家が珍しく、あちらこちらの植えこみや、手入れの行き届いた上質な苔《こけ》のはやされた石を、もの珍しげに眺めながら母屋《おもや》までの道を歩く。

「こりゃ、また…すごいお屋敷で…」

門に負けず劣らずの立派な構えの母屋に、制服のままの水瀬は、きまり悪げに少し汚れた革靴をこすりあわせた。

こんな立派な家に連れてこられるのなら、今朝、母親に靴を磨いてもらっておけばよかったと内心後悔しながら、水瀬は伊集院に続いて玄関へと入る。

古めかしい外見とは裏腹に、伊集院の家は最近になって改築されたらしく、内部は古い日本建築の良さと、最近の機能性のある日本趣味の小粋《こいき》さとを兼ね備えていた。

上がりかまちで靴を脱ぎ、磨《す》りガラスのはまった格子の窓辺に紫色の丸い実をつけた花が飾られているのを、水瀬はもの珍しげに見る。

「すごいなぁ。やっぱ、日本家屋って感じの花だよなぁ。うちなんか、狭い玄関の靴箱の上に、サボテンやらアロエなんか置いてあるんだぜ。このへんでもう、家の格が違うって思うもんなぁ」

今日あった出来事を逐一報告する子供のようによく回る舌を動かし、何度も頷く水瀬に、背後から声がかかる。

「紫式部っていいますのよ。そのお花」

スーツを着た、年配の派手やかな美しい容姿の女が立っている。

まるで外国の血でも交じっているような、日本人離れした目鼻立ちと、その年代にしては珍しい八等身に近いバランスのとれた体格に、インポートものらしい上品なスーツが似合っていた。

その女優のように目立つ顔立ちを一目見れば、すぐにそれが伊集院の母親であること、そして、伊集院の容姿が母親譲りであることがわかった。

「お母さん、水瀬君」

「あ、どうも、お邪魔してます」

伊集院の紹介にあわてて頭を下げる水瀬に、ニッコリと女は微笑む。

「いらっしゃい、ゆっくりしていってね」

女のその笑顔を見て、水瀬は伊集院の人を惹《ひ》きつける笑い方が、誰に似ているのかを知る。

「篤彌、私、今晩、いつもの皆さんとお夕食すませてくるから…」

際立った容姿の息子は目に入れても痛くないらしく、女は夕飯について事細かに説明する。

よかったら、お夕飯、食べていってね…、と水瀬に向かって頭を下げると、母親は出ていった。

「おまえのお母さん、伊集院とすごく似てるなぁ。綺麗《きれい》だよなぁ。うちの母さんなんて、フリースにエプロンで家ん中、うろうろしてるのにさぁ」

自分の母親がいかに所帯じみているかをいくつも例を挙げて話す水瀬を、長い廊下を歩きながら、伊集院は笑みを含んだ目で振り返る。

「ちょっと、祖母に挨拶《あいさつ》しなきゃいけないんだけど、来る？」

邪心のない子供のように、人見知りをしないところのある水瀬は頷き、奥座敷にある伊集院の祖母の部屋にまで、はしゃぎながらついてゆく。

その間に、壺庭《つぼにわ》の灯籠《とうろう》に驚き、廊下脇の手水鉢《ちょうずばち》に驚きして、水瀬の感嘆はとどまることを知らなかった。

「お祖母《ばあ》さん、篤彌です。入ります」

幾重にも廊下を折れ曲がった屋敷の奥座敷の襖《ふすま》の前で伊集院は廊下に正座し、中に向かって声をかける。

自分の家にはない大仰な習慣に、水瀬はあわてて並んで横に座り、鞄を膝《ひざ》に抱えた。

「お入りなさい」

しばらくあってから、少ししわがれた、しかし、中に凜《りん》と一本芯《しん》の通った老女の声がした。

同性ながら、感心するような見事な手つきで、伊集院は襖を横に滑らす。

伊集院がきれいな仕種で部屋の中に膝をすすめて初めて、水瀬は伊集院がこの家にそぐった見事な身のこなしで、玄関からここまでやって来たことに気づいた。

「ただいま、帰りました」

「お帰りなさい、ご苦労様でした」

わずかに頭を下げて相手に敬意を表するやり方で伊集院が礼をすると、身内に向けるにはたいそうな返事が、部屋の奥から帰ってくる。

水瀬は好奇心に耐えかね、行儀悪く、襖の陰から顔を覗かせた。

手入れの行き届いた奥庭の見渡せる、京間で八畳はあろうかという広い部屋で、寝間着代わりの浴衣《ゆかた》を着て、肩にショールをかけた老女が、今まで横になっていたのか、布団の上に身を起こしていた。

女優と言っても十分に通用するほどに艶《あで》やかな雰囲気の伊集院の母親とは対照的に、昔の女官か何かのように品のいい顔立ちの老女は、きっちりと背筋を伸ばして、見事な白髪を肩のあたりでゆるく結《ゆ》っていた。

一般的な高校生の水瀬から見ても、あきらかに育ちや血筋がいいのだろうと思えるような気品が、その小柄な身体から感じられる。

「あ、どうも、こんにちは」

部屋の中を覗き込むと、そんな老女と目が合い、自分の行儀の悪さを指摘されたようで、水瀬は肩をすくめて、ぺこりと頭を下げる。

「同級生の水瀬君です」

「まあ、いいお顔をしてらっしゃること。ようこそ、いらっしゃいました。見苦しい格好をしておりますが、どうぞお入りなさい」

老女は布団の上で二人を招く。

ほとんど迷うこともなく、持ち前の屈託のなさで部屋に入り込んだ水瀬の後ろで、伊集院が静かに襖を閉めた。

「篤彌、今日は学校でどんなお勉強をしましたか？」

いかめしい質問に、伊集院はきっちりとした言葉でよどみなく答えてゆく。

とても、さっきまでレンタルショップで洋楽のCDを物色し、タワーレコードなら置いてあるんじゃないか、などと言っていた男とは思えない。

それでも、折り目正しい孫が可愛くて仕方がないのか、終始、相好《そうごう》を崩していた老女は、面接のようないくつかの質疑応答のあと、部屋に置かれた見事な漆塗りの棚を差す。

「篤彌、そちらに栗のきんとんを頂いたものがしまってあります。お友達と、おやつにぜひ、お上がりなさい」

私は少し疲れたので、横になりますから…と、言う祖母の横になるのを手伝ってやり、伊集院は棚から老女の言っていた栗きんとんの箱を取り出すと、おやすみなさいと声をかけて、部屋を出た。

「すげーよな、おまえの家って。ただ者じゃないとは思っていたが、これほどとはなぁ」

伊集院について、二階の部屋に上がりながら、もはや、何がどうすごいのかわからないままに、水瀬はすごい、すごいと連発する。

伊集院の二人の姉や伊集院自身の寝室がある二階は、一階に比べるとはるかに平均的な家に近い造りになっていた。

それでも驚いたことに、案内された伊集院の部屋は二部屋からなっていて、広い寝室と、オーディオセットや机、書架の並んだ一人用のリビングのような部屋とがあった。

伊集院の言ったＤＶＤデッキは、その伊集院自身の部屋にテレビとセットで置かれていた。

さらに、自分の部屋に鍵がかかることも水瀬を驚かせる。

おおよそ、この部屋だけで十分に生活出来るだけのものが揃《そろ》っていて、結婚してもこの部屋に住めるようにという前提のもとに改築されたという伊集院の説明が、納得できる造りだった。

「広いよなぁ。俺の部屋、見せてやりたいよ。きっと、この手前の部屋の半分もないよ」

ぼやきながらも、制服の上着を取った水瀬は、フローリングの床の上に脚を伸ばし、自分の部屋であるかのようにくつろぐ。

「なんか、あの綺麗なお母さんといい、貫禄のあるおばあちゃんといい、伊集院の家って、浮世離れしてるよな。それでもって、どっちにも猫可愛がりされてるみたいなところが、さすがにおまえだなって思うよ」

伊集院の用意してくれたジュースのストローを行儀悪く齧《かじ》りながら、水瀬はソファーベッドにもなるソファーにもたれる。

「祖母にとったら、俺は長男のたった一人の息子だし、母親にしてみても、姉さん二人の下の末っ子だから…。祖母は俺の母親へのあてつけ半分で俺を可愛がるし、俺の母親は息子を取られたくなさに俺を可愛がる。

祖母にとったら、たいした家柄でもない俺の母親が、親父《おやじ》と恋愛結婚してこの家に乗り込んできたのがいまだに許せないらしいし、母親は母親で祖母に自分の人生を滅茶苦茶にされたと思ってる。

二人とも、結局、俺をだしにして、勢力争いしてるようなもんだよ」

水瀬の脱ぎ捨てた詰め襟をハンガーにかけてくれると、同じように上着を脱いだ伊集院はDVDを取り出しながら、さして面白くもなさそうに言った。

水瀬は、伊集院の端整な顔に浮かんだ、普段のにこやかな表情を疑うほどにシニカルな笑いに、以前に浅井が、伊集院の家もややこしくて…と、言葉を濁していたのを思い出す。

時には狡猾《こうかつ》に見えるほどの伊集院のなごやかさが、祖母と母親との間に板ばさみになったあげくに身につけたものなのだとしたら、水瀬は自分がずいぶんと彼についてひどい思い違いをしていたような気がした。

さすがに少し言葉が過ぎたと思ったらしく、黙って取り出したDVDのパッケージを眺める伊集院に手を伸ばし、水瀬は弟か何かにでもしてやるような仕種で、その栗色に近い色の髪に触れた。

「おまえって、だから、いっつも笑ってるんだな」

黙って髪を撫《な》でられていた伊集院は、驚いたような表情のあと、ほんの少し唇の端をゆるめた。


西日が傾きはじめた部屋で『羊たちの沈黙』をソファーに並んで見ているうちに、水瀬はだんだん、そわそわしはじめる。

「なぁ、これ…、けっこう、怖くない？」

「そう？」

脚を組んだ伊集院は、横顔の眉だけを器用に上げた。

「サイコものだからね」

「うん…」

あいまいな相槌《あいづち》をうちながらも、暗くなりかけた部屋で、水瀬は少し伊集院の側に寄った。

「…うっわー、えぐー」

ＦＢＩの精神分析官である女主人公に、自らも凶悪犯罪者でありながら犯人逮捕のヒントを与える教授が、牢から脱走する際に看守の鼻を噛《か》み切ったところで、じりじりと伊集院との距離を詰めていた水瀬は、口を押さえ、伊集院の腕をつかむ。

「怖いの、だめなの？」

少しずつ水瀬が自分のほうへとすり寄っているのに気づいていたらしい伊集院は、声をひそめ、それでもどこか楽しげに尋ねた。

「…うん、…少しな。俺、この話がこんなにエグいって、思ってなかったし」

すっかり日の落ちた部屋で、水瀬は細めの眉を寄せる。

「最後、かなり怖いと思うけど、どうする？」

リモコンを片手に、片腕を水瀬に取られた伊集院は尋ねる。

「うん…、気になるから、最後まで見るけど…」

画面が正面から目の中に入らないように身体を斜めによじりながら、水瀬はあらためて伊集院の腕にしがみつき直す。

子供っぽい仕種に笑いをこぼす伊集院が、シャツ越しに押しつけられてくる体温を愉《たの》しんでいることに、気づく余裕もない。

ラスト近く、犯人逮捕の間際に暗闇で主人公が狙《ねら》われる頃には、水瀬は息をつめ、ほとんど伊集院の腕に顔を埋《うず》めるようにしていた。

「水瀬、少し、いい？」

エンディングが流れ、少しずつ弛緩《しかん》しはじめた水瀬の腕に、伊集院は軽く手をあてると、いつものように水瀬の名前を何か歌でも口ずさむように滑《なめ》らかに呼んだ。

「あっ…、ごめん、ごめん」

あわてて腕を解《ほど》く水瀬に、伊集院は立ち上がり、すっかり暗くなった部屋に間接照明だけをつけた。

「ごめんな。俺、最後、すごい力でしがみついてたから、腕、痛かったんじゃない？」

壁を穏やかな色で照らし出すインテリア・ライトに、水瀬はソファーの上で大きく伸びをしながら笑った。

かなり長くなった艶《つや》のある髪が揺れる。すでに、毎週の校門前の頭髪検査で前髪をつかまれるほどにまで伸ばされていた。

すっかり氷も溶けて薄くなったジュースを水瀬が口に含むのを、隣に戻ってきた伊集院は丁寧に取り上げた。

「でも、怖かったけど、面白かったよ。やっぱ、ジョディ・フォスターってきれいだからさぁ、ああいう毅然《きぜん》とした頭のよさそうな優等生タイプもちょっといいよね」

ソファーの背もたれにかけられていた伊集院の腕が伸びる。

「…何？」

柔らかく抱き寄せられて、青年の腕の中で水瀬は何度かまばたく。

「あんまり、水瀬が強い力でしがみつくから…、少し変な気分になった」

水瀬よりもまだ長い腕の中に身体を包みながら、伊集院は微笑む。

水瀬は、友人の線を越えた距離にまで抱き寄せられていながらも、やっぱりこいつはきれいな男だ…と、目の前の伊集院の顔を見ながら思っていた。そして、やっぱりこいつは自分の名前を歌うように呼ぶ…、とも思った。

顔立ちが整いすぎていて、あまり自分に向けられる生々しい欲望というのが理解出来なかったせいもあった。

「…キスしていい？」

手ざわりのいい水瀬の髪を何度も撫でながら、伊集院は甘い声で尋ねる。

「…チューだけならね」

同性とのキスに、少しの間だけ迷い、水瀬は答えた。

伊集院に触れられるのは心地いい。

同性であるということ以外には、伊集院とのキスには何の抵抗もない。それだけ十分に魅力的な男だったし、抱き寄せる仕種も自然で、いやらしさを感じさせなかった。

ほんのりと壁を照らす間接照明のせいか、どうして…?…という思いよりも、あまりに流れが自然で抗《あらが》うことのほうがおかしいような雰囲気に持ち込まれてしまう。

気づかないうちに少しずつソファーに押しつけられながら、水瀬は男のために少し目を伏せてやる。

唇が重なる。

伊集院のキスは巧みだった。

わずかずつ唇を重ねながら、ときおりくすぐるように耳許や髪の生え際、鼻先や瞼《まぶた》に形のいい唇をすべらせる。

長い指で髪を何度も生え際からかき上げ、水瀬の頭を徐々に抱え込むようにして、重ねた唇を吸い上げる。

生々しくはないのに、あわせた唇から少しずつ官能を吹き込むようなキスの仕方を、伊集院は知っていた。

「…なんか…」

わずかに開きかけた唇を、指の先でやさしく割られる。

「…おまえ…」

上げかけた抗議の声を舌先ですくい取られ、水瀬は頼りない指で、思わず男の肩にすがった。

口の中に忍び込んだ舌先が熱い。

絡みあう唾液《だえき》を、嫌だとは思わなかった。

外見の優男《やさおとこ》ぶりとは裏腹の、思いがけないしなやかな強さで、伊集院は水瀬の抵抗を封じ込めてゆく。

重ねあわせた両手をやさしい強さで頭の上にねじり上げられて初めて、水瀬は自分がソファーの上に押さえつけられていることに気づく。

「…なあ」

伊集院の指がシャツのボタンにかかり、水瀬の声が心細さから小さくなった。

脇腹を探る長い指が、白のカッターシャツとその下のTシャツをまくり上げ、じかに肌に触れてくる。

その熱くもなく、冷たくもない、適度な温《ぬく》もりを持つ指がゆっくりと脇から胸にかけて何度も撫でるたび、水瀬は少し眉を寄せ、愛撫《あいぶ》を受ける猫のように左右に身をよじった。

「…なぁ、チューだけって…」

女の子が雰囲気に流されるという言葉の意味を、水瀬はその身をもって知る。

上に覆いかぶさったまま、何も答えない男が怖いのに、濃密な空気を壊すのは惜しいような、はばかられるような気がして、大きな声を出せない。抗議の声も自然、小さく、媚《こ》びたようなものになる。

「伊集院…、なぁ、伊集…院…」

水瀬が身じろぎするたびに軽い音をたてて長い髪が踊る。靴下をはいた足の爪先《つまさき》が反って、何度も床の上を掻《か》いた。

思わず指を立てた肩が大きい。その大きさと厚みに東郷を思い出し、水瀬は我に返る。

「タイムッ。伊集院、ちょっと、待ったっ」

組み伏せた水瀬のけたたましい声に、乱れた髪をかき上げながら伊集院が身を起こす。

「…何？」

伊集院ほどの色男にしては、やや間の抜けた返事だったが、やはりそれなりにその気になっていたらしく、端整な眉を少し寄せ、憮然とした顔をしていた。

「ちょっと待って、ちょっと…」

乱れたシャツの前をかき合わせながら、水瀬は意味のない愛想笑いを浮かべたまま、ソファーの上を尻《しり》でいざって逃げる。

「あっ」

業を煮やしたのか、伊集院は腕を伸ばすと、水瀬の肩ごとつかんで強く抱き寄せ、額に唇を寄せた。

「てめっ、チューだけって、言ったじゃねぇか」

水瀬は長い四肢をじたばた動かし、伊集院の腕の中から抜け出す。

「いてっ…」

「あ、ごめ…」

伊集院は水瀬の肘のあたった胸許をしばらく押さえていたが、謝りながら顔を覗き込む水瀬を見ると、やがて声を殺して笑いはじめた。

「何で笑うんだよっ。人を押し倒しといてっ」

頰《ほお》をふくらます水瀬を見て、伊集院はますます笑う。

「いや…、俺、迫った相手に逃げられたの初めてだよ。しかも、肘鉄まで胸にくらって、かっこ悪いったらありゃしない」

「俺、男だぞ、畜生っ」

悪態をつく水瀬に、伊集院は水瀬の乱れた衣服をなおしながら、さらに笑った。

「どうしても、嫌？」

いつもの余裕を取り戻したのか、甘くささやくように耳許で尋ねてくる。

水瀬はそのからかったような調子に、伊集院が押し倒されかけた自分のために、冗談で済ませるための逃げ道を用意してくれていることを悟る。

「…嫌とか、そんなんじゃないけど…、おまえ、男だし…」

はずされたシャツのボタンをとめながら、水瀬は上目遣いに目の前で片膝を抱える伊集院を見る。

その伊集院のシャツも、少し前が開いていて、普段、着替えの時などに何度も見慣れているはずなのに、うろたえた水瀬は何度も落ちかかる長い前髪をかき上げた。

「…馨が好き？　馨なら…いいの？」

さっきまでの冗談めいた響きのない、低めの声が尋ねた。

否定するなり、笑い飛ばすなりすればよかったのに、水瀬は一瞬、固まったあと、耳許まで一気に真っ赤になり、口許を押さえた。

「…俺としたことが…」

髪をかき上げながら、伊集院は自嘲《じちょう》めいた笑みを口許に浮かべる。

「何もしないからおいで…」

手で招かれたが、水瀬は東郷への想いを指摘されたショックで、床の一点を見たまま動けなかった。

浅井に気づかれた時よりも、はるかに後ろめたく、やましい。

唇の震えが止まらない。おまえはホモかと正面きって尋ねられたような、そんな慄きがあった。

固まったままの水瀬の腕をつかみ、伊集院は背後から抱え寄せる。

「馬鹿なこと聞いちゃった、…ごめん」

伊集院はあやすように背後からささやく。

「馨より、俺のほうが水瀬のこと見てるよ」

「…うん」

水瀬は顔をおおったまま、蚊《か》の鳴くような声で頷いた。

「きっと、俺のほうが水瀬のことをわかってるよ」

水瀬の首筋に顔を埋め、ささやく伊集院に、水瀬は声にもならない呻《うめ》きを洩《も》らし、頷く。

「ごめん、今、聞いたこと忘れて…」

伊集院はしばらくそのまま水瀬を抱きしめていたが、最後にそっと耳許にささやいた。

「もう遅いね」

伊集院は時計のほうへと視線を滑らせると、水瀬の手をとり立ち上がらせる。

「駅まで送るよ」

前がはだけかけたシャツを脱ぎ捨てると、伊集院はクローゼットからニットを取り出して頭からかぶる。

そして、滑らかな髪をくしゃくしゃに乱し、呆然《ぼうぜん》と立ちすくむ水瀬の前にまわりこむと、乱れた髪をやさしい仕種で何度も指先でときつけた。

五章

I

秋の長雨というが、雨は陰気な音をたてて、朝からずっと降り続いていた。

希望者のための、放課後の日本史集中講座を受ける東郷を、水瀬は図書室で待っていた。白い蛍光灯の明かりが、灰色の暗い窓の外と馴染《なじ》まず、まるで部屋の中だけが白浮きしたようだと、参考書を広げたまま、頬杖《ほおづえ》をついた水瀬は思った。

東郷は予備校には通わない。家庭事情が許さないせいだと聞いた。だから、学校で補えるところは、すべて学校の授業で補っている。

もともと、大阪府下でも名高い進学校だった。万全の受験体制を学校側も敷いている。面白味に欠ける学校ではあったが、そういった堅実性はあった。

それでも、予備校に通う生徒は何人でもいる。浅井はとにかく、伊集院なども休みごとの夏期講座や冬期講座には通っている。

今日、冬期講習の申し込みに行くという伊集院に、一緒に来ないかと誘われたが、もう少し考えてみると答えた。

百人近く一教室に詰め込まれ、同じ必勝法をたたきこまれる、あの殺気だった予備校の雰囲気が嫌いだった。出来ることなら、あの色にはギリギリまで染まりたくない。

東郷と一緒にやれたらいいのに…、なかば、夢見心地で考える。

家も近いし、図書館かどこかを使えば、冬休み中、ずっと会えるのに…、手にしたシャーペンを何度も机の上に転がし、水瀬は溜め息をついた。

最近、水瀬の毎日は、明けても暮れても東郷一色だった。

少し、まずいなと、自分でも思いはじめている。

先日は、伊集院にまでついに感づかれた。勘のいい男なので、もっと前から気づいていたのかもしれないが、東郷の名前を出されてとっさに否定できなかった。

俺ってやっぱりおかしいのかな…、水瀬は無意識のうちにノートの隅にシャーペンで三角形を何度もなぞり書きながら、口の中で呟いた。

女の子に興味がなくなったわけではなかった。可愛い子を見れば可愛いと思うし、雑誌のグラビアなどで丸い胸やすらりとした脚を見れば、それなりに身体も反応する。

それでも東郷と話していると誰と話す時よりも胸が高鳴るし、誰といるよりも一緒に長くいたいと思う。

多分、伊集院と一緒の時よりも…、そこまで考えて、水瀬は真っ赤になった。

この間、伊集院の家で押し倒されかけた時も、東郷相手なら流されてもいいと、はっきりと意識した。

これまで妙な潔癖さでもって、東郷をそういった想像からは除外してきたから、あれが自分の中の欲望と向き合った、初めての瞬間でもあった。

まずいぞ…、水瀬は質のいい髪をくしゃくしゃに乱しながら、赤くなったままでうつむく。心と身体の均衡が、自分でもうまく保てなくなってきている。何が答えで、何が最良の選択なのか、誰かに教えて欲しいほどだった。

わかっているのは、自分が少しでも東郷と一緒にいたい、少しでも東郷に気に入って欲しいと思っていること、それだけだった。

時計が五時五分前を指すのを確かめ、水瀬は図書室を出て、雨のせいで薄暗い廊下を東郷の講習を受ける教室に向かった。

五時ちょうどに講習は終わり、見知った顔がいくつか教室から出てくる。

口々に声をかけてくるそれらに挨拶を返すと、水瀬は蛍光灯に照らし出された教室を覗き込んだ。

「馨ーっ」

呼びかけると、少し疲れたような顔で教科書を鞄の中にしまいこんでいた東郷が顔を上げた。

「おまえ、先に帰ったんじゃなかったのか？」

どこか東郷の声の中に責めるような響きがあるのに、水瀬は気づかない振りをした。

「俺も図書室で少し勉強してたから、気がついたら五時前だったし…、覗きにきたら、おまえがいたから」

へへへっと、どこかおもねるような笑いを浮かべ、水瀬は東郷の鞄を覗き込む。

「雨、やまないよなぁ。おまえ、傘持ってきてる？」

自分のロッカーの中に、折畳の傘が放り込まれていることは言わずに、水瀬は東郷の肘に手をかけた。朝、東郷が傘をさげていたことを、もちろん、踏まえた上でだった。本当に馬鹿馬鹿しいほどに、駅までの十分ほどの距離を、一緒の傘に入って帰りたかった。

「おまえ、駅まで自転車なんだろ？　大丈夫なのか？」

「うん、一応、屋根のあるところに置いてあるから…」

笑って頷きかけ、水瀬は東郷の責めるような目に口をつぐんだ。

居心地の悪い沈黙だった。

警鐘のように、心臓がバクバクと音をたてる。

どうしてそれを知っているのだろう、どうしてこの場を切り抜ければいいのだろう、そればかりが頭の中をぐるぐる渦巻き、適当な答えが浮かんでこない。

できそこないの笑みを口許に貼りつけたまま、水瀬は何度も口を開きかけては閉じた。

おまえに会いたいがため、おまえと行き帰りの時間を一緒にいたいがために、電車を一緒にしたなどと、口にしてみれば、なんとも薄気味の悪い言葉だった。

つき合っているわけでもない、ましてや同性である水瀬の口からそんな言葉が出れば、東郷にとってはどれだけ困惑させられることだろう。

「聞いたよ、家からＪＲまで、けっこうな距離があるんだってな」

誰もいなくなった教室で、東郷の声だけが低く響いた。

外は日も暮れかけ、明かりのついた教室の窓に、二人の姿だけが鏡のように映っていた。

「どうして、そうまでして、おまえは…」

東郷の声に、わずかに困惑したような響きがまじる。

どうしたらいいのかわからないのは、東郷も同じようだった。

「…好きなんだよ…、馨のこと…」

水瀬は途方にくれたあげく、前髪をかき上げながら、東郷の顔を直視できないままに言った。

「好きなんだよ、馨のこと…。信州行った時も言ったろ、俺。おまえは全然本気にしてなかったかもしれないけど…、おまえには気持ち悪いことかもしれないけど…、好きなんだよ…、馨のこと」

こんなに白けた、意味のない告白もないと思った。

流れ続ける水の音にも似た雨音に混じり、受け止めてもらえない言葉だけが教室の床に散らばるようだった。

「好きなんだよ、馨のこと…」

こんな場所で、こんな状況では、けっして告げたくない言葉だった。

どのみち、ばれるのだとしても、せめてもっと別の場所で、もっと大切に、そっと相手に差し出したかった。

今の水瀬の告白は剝《む》き身のナイフのように鋭利で、自分勝手で、それを突きつけられた東郷に対しても自分に対しても、何の思いやりもあわせもたないように思えた。

「…俺は」

東郷は苦しげに眉を寄せた。

「俺は今、自分のことで精一杯で…、家のなかでのごたごたなんかで手一杯で…、誰かを好きだとか、嫌いだとか…、そんなことを考えられる余裕がない」

ものごとを考えながら話す時の癖で、水瀬と目を合わせないように机の上の鞄に目を落としたまま、東郷は少しずつ言葉を継いだ。

「たとえ…、おまえにそんなふうに思ってもらったとしても…、何も返せないし、何も考えられない」

強く眉を寄せたまま、ごめん、と東郷は呟いた。

そんな顔をさせたいのじゃないと、水瀬は泣きたいような気持ちになった。

自分勝手な感情なのかもしれないが、東郷にそんな苦しげな顔をさせるような、そんな気持ちで言った言葉ではなかった。

「…それでもいいよ…」

俺こそ、ごめんな…、水瀬は口の中で小さく呟き、うつむいた。

同じ振られることがわかっているとしても、せめて、もっと優しい気持ちで告げたい想いだった。

相手に同性からの告白を受け止めるだけの余裕がある時に、そっと差し出したい想いだったのに、どうしてこんなに最低な状況で知られてしまったのだろう。

それに比べれば、はるか前に自分に朝、駅で声をかけてきた女の子は、まだずっと気の利《き》いた誘いをしてくれていたように思える。少なくとも、受けた相手をこんな答えのない立場に、無理に追いつめるようなことはなかった。

「もう…、遅いし…、帰ろう、東郷」

水瀬は割れて散らばった想いがこれ以上こなごなに砕けることのないように、東郷の制服のボタンを見つめたまま、顔を上げずに言った。

名前を呼ばなかったのは、東郷にこれ以上、自分に対する嫌悪感を抱いてほしくない水瀬の、精一杯の保身だった。

しかし、東郷を名字で呼ぶと、ひどくよそよそしい距離が二人の間にあるようで、水瀬はよけいに傷ついた。

外がすっかり暗くなった廊下で、東郷が黒の傘を探す間、水瀬は窓に映った自分の今にも泣き出しそうな顔を、唇を固く噛みしめ、見ていた。

II

めったに盛り上がらない学校行事の中で、唯一盛り上がりを見せた体育祭が終わると、水瀬達と同じ階に入っている三年生達は、受験に向けていっせいに殺気立ちはじめる。

「俺、ああはなりたくないなぁ。あの三人なんて、いっつも廊下で参考書見てるだろ。教室はうるさくて、集中できないんだって」

水瀬は廊下側の窓から、三年の教室が並ぶ校舎の西側に向かって身をのりだす。

「ああ、あれねぇ。もう、早いところは推薦が決まりはじめるから、焦ってるんだよ、きっと」

腕を組み、並んで廊下を眺めながら、伊集院がのんびりとした口調で言う。おおよそ、焦りといった感情などとは無縁のように見える男だった。

「おまえら、今日、馨が選択の時に自習らしいから、パン頼んどくなら今だぞ」

財布から小銭を取り出しながら、浅井が声をかけに来た。

「…じゃあ、東郷、俺も頼んでいい？」

いつもなら一も二もなく東郷のもとに飛んでいくはずの水瀬は、控えめに東郷に声をかけた。

そんな水瀬の横顔に浅井と伊集院がしげしげと目をあてているのを知らず、水瀬は机ひとつはさんだ距離をおいて東郷の側へ寄る。

「何がいいんだ？」

東郷の反応はいつもと何一つ変わらない。簡潔な返事も、いつもどおりだった。

「ハムサンドと…、カレーパン。なかったら何でも…」

水瀬はそんな普段どおりの東郷の反応にすら傷つきながら、差し出された手に小銭を手渡す。

指先が触れあわないように精一杯気を使ったつもりだったが、わずかに指先が大きな手のひらをかすめ、水瀬は不自然なほどの早さで手を引っ込めた。

水瀬が東郷に告白して断られて以来、水瀬は自分が東郷の気にさわらないように、さわらないようにと、おおよそ自分にできるかぎりの努力をしていた。

そんな偏見で相手を避けるような、度量の狭い男でないことは十分に知っていたが、それでも自分が東郷の立場になった時、相手に抱くだろう生理的な嫌悪感を考えると、恐ろしくて、とても以前のように自然に振る舞えなかった。

名前も、あれ以来、呼んだことはない。

東郷の気持ちはもちろん、もし、東郷が少しでも不快そうな顔を見せたら…、そう考えただけで、東郷に呼びかけるたびに一瞬ためらってしまう。

自然、普段の態度もどこかおとなしく、借りてきた猫のようで、以前のような他愛ない無邪気なスキンシップを大盤振る舞いすることもなくなった。

東郷と視線をあわせることも少なくなった。話しかけることも、ほとんどない。行き帰りもなんだかんだと理由をつけては、電車をずらしている。

東郷の態度は以前となんら変わることはなかったが、かえってそれも辛《つら》く、自分の馬鹿げた告白が身につまされるようで、水瀬は毎日、同じ後悔を胸に抱いては、学校から帰るようになった。


「元気ないなぁ、おまえ」

教師に見つかる危険をおして、駅前のお好み焼屋のカウンターで、浅井と水瀬の二人はお好み焼をつついていた。

「元気だせよ、俺のシーフード・ミックス、四分の一やるからさぁ」

おら、出血大サービスだ、と浅井は水瀬の前に切りわけた一切れを押しやる。

「ほら、食えよ」

「うん…」

いつもなら、大喜びして飛びつく水瀬も、目の前の豚玉のはしをいつまでも箸《はし》の先でつついている。

「おまえ、いつから馨のこと、東郷って呼んでるよ」

陰気くさいな、と溜め息ひとつつき、浅井は水瀬を横目に見る。

「…この間から…」

浅井の二倍は重い溜め息をつきながら、水瀬はなおも豚玉を箸先でつつく。

「食いもん、つつくな。行儀悪いぞ」

うん…、となま返事を返し、水瀬はもそもそと切りわけた一口を口に入れる。

「馨に言ったのか？」

うん…、と水瀬はひとつ頷く。

「馨ちゃん…、家のことで精一杯で、そんな余裕ないって…、そんなこと考えられないって…、そう言ってた」

はりのない声でこの間の一件をかいつまんで話し、水瀬はさらに溜め息をついた。

「まぁ、今のあいつは確かにそうだな」

わかってるんだけど…、水瀬は頷いた。

「でも、そうじゃなくても、それって無難な答えだよ。男から好きだって言われて、どうにも困った時に返す、そんな答えのひとつだよ」

「まぁ、そうとも言えるわな」

必要以上に細かく切りわけたお好み焼を口に運びながらぼそぼそと話す水瀬に、浅井は頷く。

「俺、あんな馬鹿なこと、言わなきゃよかったよ」

水瀬はひとつ鼻を鳴らした。

「気持ち悪いだけだもんなぁ」

「まぁなぁ…」

溜め息混じりに自分と水瀬のお好み焼の上に青のりを追加して振りかけながら、浅井は頷いた。

「とりあえず、早く元気になれよ。気持ち悪いよ、おまえがおとなしいと。それに東郷って呼ぶのもやめて、な？　不自然だからな」

油の十分に染みた鉄板を前に、浅井は一本ずつ指をたて、子供にでも言い含めるように、な、と念押しをした。

浅井と別れ、水瀬が机の上に広げたリーダーの予習もそこそこに、部屋でごろごろしていた時だった。

ふいに携帯が鳴り出し、水瀬は携帯を開く前に伊集院の名前を確かめる。

『水瀬？』

あいかわらず、伊集院の声で呼ばれると、自分の名前が音楽か何かのように聞こえるから不思議だった。

『今、近くまで来てるから、出てこれない？』

後ろで街の音がしていた。声がずいぶん、近い気がする。

「何？　今、どこにいるんだよ」

『うん…、西宮』

「西宮って、…阪神の？」

『ああ。ちょっと話があるから』

「じゃあ、家《うち》来いよ。来かた、わかるだろ？」

最寄り駅まで来ている伊集院を、水瀬は気安く招いた。

『少し…、こみいった話なんだ。出てこれないかな』

思い詰めたような声音《こわね》ではなかったが、柔らかい言葉尻を少し濁し、ものごとを強要しない伊集院には珍しく、言葉を重ねた。

「じゃあ…、行く。すぐ行くから」

マンションの下の公園で待っててくれと言うと、水瀬はブルゾンをはおってすぐにエレベーターで下へ降りた。

公園には枯れ葉が積もりはじめ、少し曇る息が夜の冷え込みを感じさせる。

伊集院はよほど側までやってきていたのか、すぐに下に降りた水瀬よりも先に、公園で待っていた。

家にいったん帰ったのか、温かそうな上質のニットに薄手のロングコートをはおって立つ伊集院を、水瀬はあいかわらずお洒落な男だと思う。

「ごめん、呼び出して」

伊集院は柔らかく笑うと、ベンチへと水瀬をうながした。

「おでん、食ってけばいいのに。うちの母さんのおでん、けっこういけるよ」

うん、また今度、ご馳走《ちそう》になるよ…と、伊集院はコートのポケットからホットの缶コーヒーを二つ取り出す。

「あいかわらず、用意周到なやつー」

へへへと笑って受け取りながら、水瀬は伊集院の隣に腰かける。

「この間から、馨のこと、避けてない？」

ぬくいー、と缶に頬を寄せる水瀬に、単刀直入に伊集院は尋ねた。

何か尋ねられるだろうとは思っていたが、すぐに問題に切りこまれるとは思っていなかっただけに、水瀬は面食らう。

「今日、浅井に同じこと言われた…」

嘘《うそ》をつくのが下手な水瀬は、あっさりとそれを認めた。どだい、嘘をついたところで、海千山千の伊集院にかなうわけがない。

「避けてるんじゃなくて…、俺が意識しすぎてるんだと思うんだけど…」

「何があったの？」

何か、ではなく、何がと尋ねるところが、伊集院の巧みなところだった。

「うん、少し…」

自分を大事に考えてくれているらしい伊集院への遠慮から、水瀬はあいまいに言葉を濁した。これだけ言えば、ある程度のことは察することのできる男であるという信頼のせいもあった。

伊集院に東郷のことを話す時、浅井に話す時よりも、はるかに後ろめたい気分になる。

多分、東郷が水瀬の告白を聞いて戸惑ったように、水瀬自身もときおり、同性である伊集院に真摯《しんし》な気持ちを向けられて、どう反応していいのかわからないことがある。

いつものように伊集院が冗談にも本気にもとれるような態度で接してくれている時はとにかく、こうやって差し向かいで二人きりで話す時は、よけいにだった。

「馨、普通だろ？」

伊集院に頷いて見せる。

「じゃあ、水瀬も自然に接したほうがいいんじゃないかな。きっと、馨も傷つくよ」

友情から出た言葉らしかった。

華やかな外見とは裏腹に、伊集院はひどく和を重んじる。伊集院という男のそんな細やかで周囲に気を使う一面が水瀬は好きだったし、それが好意を寄せられて、伊集院という男を拒みきれない理由でもあった。

「うん、俺もそう思うよ」

水瀬は溜め息をつきながらベンチの背もたれにもたれた。

「明日から、がんばってみる。すぐには無理でも、きっと、しばらくすればもとに戻れるし…、俺も今、どっか変なんだと思うし…」

水瀬は同性である東郷に惹かれる自分を揶揄《やゆ》する。そして、自分で自分の言葉に傷ついた。

「やっぱ、変なのかな…」

変だよな…、と口の中で呟き、水瀬はタブを引いていない缶コーヒーを握りしめたまま、何度も髪をかき上げた。

「それを言うなら、俺も変だろ」

伊集院が薄く口元に笑みをはく。

「わざわざ、それ言いにきてくれたのか？」

ありがとう…と言いかけた水瀬の手が、ひんやりとした伊集院の手に包みこまれた。

「多分、それだけじゃない…」

伊集院が低く呟く。

握りこまれた自分の指先をゆっくりと口許に運んでゆかれ、水瀬は息を押し殺す。

指先に唇を押し当てられ、慄くように指が跳ねた。

伊集院は強く指先を握りこんだが、それも一瞬のことで、あとは力をゆるめると、手に取った指先に幾度となく口づける。

「伊集院…？」

そんな愛撫をされたことも、想像したこともなくて、水瀬はどうしたらいいのかわからずに、穴の開くほど伊集院の整った顔を見た。

なまじ、日本人離れした顔立ちだけに、そんな指先へのキスすら様になる。

「さっきまでのは、俺の馨との友情から。そして、今のは俺の水瀬への想いから」

握った指をそのままに、伊集院は低く呟いた。

「俺だって、諦《あきら》めたわけじゃない。それも言いたくて、ここへ来た。いてもたってもいられなくて、ここへ来てしまってた」

こんな馬鹿げたことしたの、水瀬が初めてだよ…、と微笑まれ、水瀬は戸惑いに何度もまばたく。

「どうして、おまえ…。俺のどこがいいの？」

さあ…、伊集院はゆっくりと首をひねり、耳に快い声で答えた。

「いっつも見てたよ。一年の頃から。駅の反対側に、妙に目立つ元気なのがいて…、人目を引くくせに、子供みたいな笑いかたして…。キラキラしてた。一緒にいたまわりの連中とは、全然、毛色が違って見えた」

水瀬は目を伏せる。

「どうして、こんなにややこしいんだろ？　どうして、俺、おまえのこと、同じように想い返せないんだろう？　そしたら、俺達、両想いだもんなぁ…、男同士だけど…」

水瀬は力なく笑いながらも、自分の手を握ったままの伊集院の手を握り返した。

同性であっても、嫌悪感はない。おそらく、伊集院の人間性への好意が九割と、不毛にも同じ男へと想いをよせてしまった者への同情が一割とのせいだった。

秋の夜の冷え込みにもかかわらず、しばらく、そのまま取りとめもないことを喋ると、胸の奥が温かくなった。惨めでこなごなになっていた自分の想いに、そっと小さな火を点《とも》してもらったようだった。

「水瀬が馨のことを考える半分でもいいから、俺のこと考えて…」

最後に、やっぱりおでん食っていかないか、と誘いかけた水瀬に、また今度と首を振ってみせ、伊集院はそうささやいた。

きっと、この一言が言いたくて、伊集院はやってきたのだと思うと、水瀬は切なくなった。

うん…、と頷いて、駅まで送った。

そんな自分はきっと、ずいぶんひどいことをしている…、そう思った。

III

「水瀬、橋本《はしもと》が、今日の三時半に進路指導室へ来いって」

五時間目と六時間目との間の休み時間、クラス委員の荒木《あらき》が窓際の陽《ひ》だまりにある東郷の机のまわりに集まっている水瀬達に声をかけにくる。

「あらー、俺、この間の模試、悪かったからなぁ。きっと、そのことだわ」

そんなに悪かったのかと尋ねる伊集院に、水瀬はK大、O大がD判定、S大がかろうじてCだったと答える。

「違うよ、いよいよ、前髪切れってんだよ」

けけけ、と浅井が人の悪い笑い声をたてる。

「ちょっとー、髪は男の命なんだから、やめてよねっ」

少しだけ元気を取り戻した水瀬は、鼻先にかかるほどに伸ばした癖のない髪をかき上げながら、つんと顎を上げて見せる。

「どうしよう、待ってようか？」

「ああ、いいよ、いいよ。いつ終わるかわかんないし、明日から期末だし。先、帰ってて」

伊集院の申し出に、水瀬は手を振った。

「そうだよ、おまえはこれ以上こいつを甘やかすな。ただでさえ、甘ったれの猿みたいなやつなのに」

腕を組み、東郷の机の上に腰かけた浅井は伊集院に言い放つ。

「あのぅ、甘ったれの猿とはわたくしのことでしょうか？」

「おうっ、キィキィ、騒いで走りまわる小猿みたい」

肩に手をかけた水瀬に、浅井が意地悪く唇の片端を上げてみせると、座ったまま二人を見上げていた東郷が、肩を震わせ、忍び笑った。

結局、三十分ほど、落ちた成績のことでこってり絞られ、水瀬はすっかり落ち葉の落ちた街路樹わきを、ひとり駅に向かう。

時期的に、どの学校も期末考査の時期にかかるため、普段は学生でごった返す駅までの商店街に、制服姿はほとんどない。

俺だって、明日から試験なんだぞ、クソジジィ…と毒突きながら、水瀬は身を切るような冷たい風に肩をすくめ、派手な原色の毛糸の手袋をはめたままの両手をポケットに突っ込んだ。

よほど冷え込んで氷点下になる日ぐらいにしか、水瀬はコートを着てこない。それが、浅井に野生の猿呼ばわりされる一因でもあったが、十二月も半ばになる今日も、防寒には手袋しか持ってきてなかった。

さむさむ…と、両手をこすりあわせながら、駅のホームへの階段を上がり、内回り線を待った。

ホームに立つまばらな人影も、コートを着こみ、寒そうに背を丸めている。

ほどなく、アナウンスが入り、オレンジ色の電車がホームに滑りこんできた。

水瀬はようやくポケットから手を出し、暖房の効いた車内に乗り込むと、鞄を網棚に投げ上げ、奥の扉にもたれた。

かじかんだ指先を何度もこすりあわせながら、何の気なしに反対側のホームを見る。

ふと目をやった先の電車を待つ人々の中に、ひときわ背の高い東郷の姿を見つけ、水瀬は目を疑った。

額を窓硝子《ガラス》に押しつけるようにして、何度も男を確かめる。

しかし、確かに外回り線のホームに、鞄を右肩に担ぎ、ポケットに片手を突っ込んだまま立つのは、先に帰ったはずの東郷だった。

発車のベルが鳴りはじめる。

「すみません、降ります、降りますっ」

あわてて棚の上の鞄をつかむと、水瀬は扉付近に立つ二人のサラリーマンを押しのけ、ホームに飛び出た。

水瀬がホームに転がり出るのと同時に、扉がすぐ背後で閉まる。

振り向くと、車両の向こうに、すぐに外回りの電車が入ってくるのが見えた。

何で東郷が大阪駅行きとは反対側のホームに立っているのかわからないまま、水瀬は全速力で階段を駆け降りる。

二段とばしで外回り線のホームへと階段を駆け上がり、ドアが閉まるのと同時に中に飛び込んだ。

息を乱し、肩で大きく息をつきながら、何事かと振り返る乗客の間をすり抜け、水瀬は走る電車の中を東郷がいたあたりの車両まで進んでゆく。

電車が鶴橋《つるはし》に着こうかという頃、車両の中でもひときわ背の高い男の姿を見つけ、水瀬は乱れた髪をかきあげながら側へと寄った。

「…馨…？」

吊り革につかまったまま、男っぽい整った横顔を見せる男のすぐ横までいくと、水瀬は荒い息の間から声をかける。

以前に浅井と約束はしたものの、やはり東郷に呼びかける時には、どこかしらぎこちない。

それでも、こんなところで何をしているのだという焦燥から、そして、自分の勝手な行動が相手を怒らせないかという不安に、自然、声は小さく不安げなものになった。

ゆっくりと振り向き、東郷は驚いたような顔を作る。

「…水瀬…」

「…俺、電車に乗ったら、おまえが外回りのホームに立ってるのが見えて…、明日から試験なのに、こんな時間からどこに行くのかと思って…」

外した手袋を何度も握りしめ、水瀬は言いつのりながら、上目遣いに東郷を見る。

よくよく考えると、あとをつけるような真似まですることはなかった。明日になってから、昨日、どこへ行っていたんだ程度に尋ねるだけですむ話だった。

一瞬、頭に血が上って、なりふりかまわず反対側の電車に飛び乗ってしまったが、もしかして、東郷には知られたくない都合があったのかもしれなかった。

「…ごめん、…俺…」

口を何度も開き、謝罪の言葉を探すが、無言で自分を見下ろす東郷の視線の強さに、水瀬は結局、それ以上言えなくなった。

東郷はそのまま、ついてこいとも、ついてくるなとも言わず、芦原橋《あしはらばし》の駅で降りる。

水瀬は見も知らぬ駅であわてて東郷について降りながら、懸命に歩幅の広い東郷を追いかけた。

改札口で精算する水瀬を振り返り、わずかに東郷が足を止めて待っていることで、水瀬はまったく東郷が自分を邪魔に思っているわけではないことを悟って、少し安心する。

しかし、それでもいっこうにどこに行くとも口にしない様子から、それ以上は何も聞けず、おとなしく東郷の後ろをついて歩いた。

水瀬が初めて降りたその駅は、工場や会社、マンションの立ち並ぶ、殺風景な街だった。初めて見た街並みなので、必要以上に寂しげな景色に見えるのかもしれない。

西日がかなり傾いた、国道か県道らしい、対向で二車線ずつあるまっすぐな広い道路を東郷は歩く。その間も、耳を切るような冷たい北風は容赦なく、吹きつけた。

途中、何度か、ポケットから取り出した地図のコピーを見ているところをみると、東郷も、初めて歩くか、それに近い場所らしかった。

駅から、相当の距離を歩いたように思った頃、東郷はふいにファミリー・レストランの前で足を止め、中に入った。水瀬も、あわててそれに続く。

道路に面した窓際の席で、東郷は水瀬の前にメニューを開いた。

「飯、食うの？」

水瀬はおずおずと尋ねる。

「腹が減ってるのなら、食えばいい」

別に東郷の口調は怒っているようではなかった。

「じゃあ、俺、ジャンバラヤ風焼き肉ピラフとコーラのセット」

暖かいところへ入った安堵と、東郷が初めて口を開いてくれた嬉しさから、もともと底の浅い水瀬は、たちまちいつもの旺盛な食欲を見せ、はしゃいだ声を上げる。

「デザートにケーキも食っていい？」

メニューをくりながら、上目遣いに東郷をみると、ああ…と、いつもの調子の短い返事が返ってくる。

「じゃあ、モンブランね」

まるで、デートのようだとひとり悦に入る水瀬の前で、東郷はブレンドを頼む。

スパイシーな香りを漂わせるピラフを目の前に置かれると、水瀬はもともと東郷について来た目的など忘れ、ピラフをほおばりながら、東郷を前にあれやこれやと喋り出す。

ひととおり食事を終え、上機嫌でコーラの氷をかきまわしていると、東郷は水瀬の目の前に英語のリーダーを取り出した。

書を開ける。

「明日から、期末だろう。飯を食ったら、勉強しろよ」

冷静な答えに不承不承返事をし、水瀬はリーダーを開いた。東郷も、その前で数IIの教科

「げっ、何？」


こんなところまで、テスト勉強をしに来たのかと首をひねりながらも、水瀬はひたすら構文を頭の中にたたきこむ。

自分の汚い字で書かれた構文は何度見ても頭の中に入らないのに、東郷の筆圧の高めの字で書かれた構文は、すらすらと頭の中に入ってきた。

はねやはらいの大きい、骨っぽい東郷の字を眺めていると、胸の中に温かいものが染みてゆくような気がする。幸せな気分だった。

しかし、六時半をまわる頃、水瀬はそれまで熱心に問題を解いていた東郷が、窓の外を気にしはじめたことに気づいた。

しばらくそのまま黙っていたが、七時をまわる頃から、東郷は手を止め、ずっと窓の外の、通勤帰りらしい大人達を見るようになった。

「誰か…、待ってるの…？」

好きな女でもいるのだろうか…と、ふいに水瀬の動悸が早まり出す。

いても、まったく不思議ではない男だった。

以前に思いのたけを打ち明けた時、家のことで手一杯で、誰が好きだとか、嫌いだとかまでは考えられないと答えられたが、さすがに水瀬も頭からそれを信じたわけではなかった。

「…いや」

東郷は、窓の外を見たまま、上の空であるかのような返事を返す。

なんだ…、と水瀬は思った。

好きな女に会いに行くのについていきて、一緒に飯まで食って、まるでデートのようだとひとりではしゃいで…、馬鹿みたいだ…、と思った。

浮き上がっていた胸の奥に、冷たい石をいくつも詰め込まれたような気分だった。

馬鹿みたいだ…と、水瀬はどこか放心しながら、すっかり日の落ちた窓の外を見た。

そこにはまぬけた顔の自分が映っていた。

東郷はそのまま、誰かを待ち続けているようだった。

泣く気にもなれず、放心したまま、相当の時間、水瀬は外を見ていた。

街灯に照らされた、広い道路の向こう側を、ディズニーランドの帰りらしく、ピンク色のミッキーの形の風船を持った五、六歳の少女が、両親に手を引かれて歩いてゆく。

「…あ…」

ふいに風船が少女の手を離れたところで、水瀬は小さく声を上げた。

ピンク色の風船はたちまちのうちに闇色の空へと消えてゆく。

女の子が泣くのを、懸命に両親がなだめながら歩いていた。

「可哀そうに…」

何の感慨もない声で、水瀬は力なく呟いた。

実のところは自分の不幸に手一杯で、そんな少女の不幸など、微塵《みじん》も胸に響かなかった。

東郷も黙ってしばらく、その家族を見送っているようだった。

東郷はそれからしばらくの間、開いた教科書の上に目を落としていたが、やがて教科書を閉じ、鞄の中に戻すと、立ち上がった。

「帰ろう、水瀬」

うん…、ぼんやりとそれに頷きながら、水瀬はリーダーを東郷に返す。

支払いを終えて、とっぷりと日の暮れた駅までの道のりを肩を並べて歩きながら、こいつも待ちぼうけしたんだな…と、水瀬はアスファルトの路面を眺めた。

のこのこついてこなければよかった…、水瀬は今日何度目かの後悔をしながら、ホームのベンチに東郷と並んで腰かける。

駅の時計は八時半を指していた。ラッシュ時を外したせいか、電光掲示板には、次の電車の表示も出てこない。

ようやく、天王寺を出たという表示が出て、寒さに震えながら、駅の黄色い蛍光灯の明かりで見ると、東郷の顔色もあまりよくなかった。

気づかなかったが、東郷は手袋すらも、持ってきていないようだった。

こんなにいい男に待ちぼうけを食わせるなんて…と、相手の女を胸中でなじりながら、水瀬は片方の手袋を冷えきった東郷の大きな手にはめてやる。

「親父を…、待ってた…」

原色の派手な手袋をはめられた自分の指先を見ながら、ふいに東郷が口を開いた。

「え…？」

もう片方の手で、東郷の手袋をはめていないほうの手を黙ってこすっていた水瀬は、いきなり口を開いた東郷に驚く。

「去年まで、俺や俺の弟、母親の誕生日のたびに、親父から色々、カードを添えたプレゼントが届いてた」

水瀬は数年前に離婚して、すでに姓の違っている東郷の父親のことを思い出す。

これまで考えてみたことがなかったが、もしかして水瀬が会う前の東郷は、父親の姓を名乗っていたのだろうか。

「でも、今年は来なかった。俺の誕生日にも…、先月の弟の誕生日にも…。

弟はがっかりしてたみたいだったけど…、俺は別に、それはそれで仕方がないと思った。

もう、子供じゃないんだし、親に贈り物もらって喜ぶ年でもないし、それは仕方がないと思った」

東郷は一息ついた。

電車が入ってきたが、東郷は腰を上げなかった。水瀬も動けなかった。

電車の出てゆくのを待って、東郷は再び口を開いた。

「だけど、昨日は母さんの誕生日だった。俺は、昨日だけは贈り物は届くだろうと思った。誕生日ごとにそれぞれにプレゼントを贈るっていうのは、親父が別れ際に、俺とした約束だったからだ。

でも…、やっぱり、何も来なかった。母さんが、目に見えて落胆しているのがわかった」

駅の黄色い蛍光灯の下で、ベンチに腰かけたまま、水瀬は冷えた東郷の手を握りしめていた。

「…母さんは、別にプレゼントが欲しいわけじゃないんだ…。

誕生日ごとの贈り物は…、親父の中で、まだ俺達がどれだけ大きな存在であるかっていう、証明なんだ。俺達が、あの人にまだどれだけ愛されてるかっていう、証明なんだ。

だから、俺は、父さんに…、母さんの誕生日を祝ってほしかった…。一日遅れでもいいから…、一言でもいいから…、母さんにおめでとうって言ってやってほしかった」

向かいのホームのベンチを見つめたまま、東郷は話し続ける。

「ミッキーマウスの風船持った子がいただろう？」

「…風船飛ばした？」

握りしめた節の高い手をこすりながら、水瀬は尋ねる。

「あの子と一緒にいたのが、俺の親父だ」

水瀬は懸命になって、子供を連れていた男を思い出そうとしたが、背が高かったこと以外は、何も覚えていなかった。

「だって…、じゃあ…あの子は…」

「俺と半分だけ、血のつながった妹。今年、小学校に入ったらしい」

東郷は横顔を見せたまま、口許だけを動かして答えた。

東郷の両親が離婚したのは、東郷が中学二年の時だと聞いた。

東郷の父親が、それからすぐに再婚したとしても、離婚した時点では、すでに妹は生まれていたということになる。

「…俺は、長い間…、親父がまだ俺達を可愛がっていた頃に、外で妹を作っていたことが信じられなかった。親父は家ではいい父親だったし、俺の母親とも仲が良かった…、少なくとも、俺にはそう見えた。

でも…、この始末だ」

長い溜め息をつきながら、東郷は首を巡らせ、ホームへ上がってくる階段を見る。

「…だって、…だって、おまえ…」

水瀬は、握りしめた東郷の手を両手で押し包むようにして声を詰まらせる。

「…結局、父さんは俺達より…、あの女《ひと》とあの子を選んだんだ…。今日…、初めてそれがわかった…」

何かにすがろうとするかのように、水瀬に握られたままの無骨そうな東郷の指先にわずかに力がこもる。

「…だって、…馨…」

握りあわせた指先から、東郷の悲しさや苦しさが伝わってくるようで、視界が揺れる。

他人の悲しみが、こんなに胸を切り裂かれるほどに辛いと思ったのは初めてだった。

慰めの言葉がうまく形にならず、もどかしさと悲しさとで、水瀬は喉《のど》を詰まらせた。

「…だって、…馨…」

何本も電車が行《ゆ》き過ぎた。

吹きさらしのホームは凍えるようだった。

水瀬はうつむき、握りしめた東郷の手を、長い間、こすり続けた。

六章

I

彼女のいる浅井以外は、別にたいした盛り上がりもないクリスマスのあと、どうせ、来年は受験で騒げないからと、大晦日《おおみそか》の夜を四人は伊集院の家で大騒ぎしながら迎えた。

そのまま、西宮えびすに初詣《はつもうで》に行って、アイス・ホッケーの試合だ、映画だとさんざん遊んだ冬休みのあと、面白くもない三学期を迎える。

「家に寄ってけよ」

学校帰りにビリヤードをしたあと、伊集院とも別れ、大阪駅の神戸線のホームで、東郷の制服の腕を捕らえて水瀬は言った。

「みんな、夜まで帰ってこないから…、急いでないなら、寄っていけよ」

冬休み前の東郷の父親の一件から、東郷と水瀬との間はどこかぎこちない。交わした言葉も数えるほどだった。

しかし、ぎこちなかったが、東郷が水瀬の告白を拒んだ直後のような、張りつめた空気や緊張感はなかった。

水瀬には、あの晩から、東郷がどこか自分に心を許したように思えて仕方がなかった。少なくとも、心理的な距離は、あの晩からずっと近くなったような気がした。

透明な一枚の薄い壁がなくなったような、そんな感じだった。東郷の側にいると、何か温かいものが自分の内側に流れてくるような、そして、きっと東郷も同じようにそう考えているのだという、確信が水瀬にはあった。

泣けなかった東郷のために涙をこぼした自分を、水瀬は少しも恥ずかしいなどと思っていない。あの晩の東郷には、そして今の東郷には、どこにも泣く場所がないのだと思う。

家では、家族のために涙を見せられず、学校では、自分の信用と矜持《きょうじ》のために涙をこぼさない。

勁《つよ》い男だと思う。勁くて、そして、脆《もろ》い内面をもつ男だった。

回転が早かったり、機転をきかせられたりする男ではない。自分が納得するまで十分に時間をかけて考え、結論を出すタイプだった。

そして、そんな男を好ましいと思った。たまらなく、惹かれた。

何も話していない。あの晩のことに関しては、特にだった。

ただ、自分よりもはるかに体格的に恵まれた男が、心理的に自分に少しどこかで寄りかかるような、気を許し、側で安らいでいるような、そんな気がした。

おそらく水瀬は、あの晩、東郷の側にいたことによって、これまで持たなかった、友人という枠の中では得ることのできない、一種の信頼を手にした。

しかし、そこから歩み寄るきっかけがなくて、二人はどこかぎこちなさを漂わせたまま、友人関係を続けている。

水瀬は、そんな東郷と少しでも話がしたくて、その腕を捕らえていた。

「夜まで、一人なのか？」

東郷は、水瀬が一人で家にいるのを寂しがっているのだと思ったらしかった。腕を捕らえられたまま、静かに尋ねた。

うん、と頷いた。

嘘だった。

両親は東北へ旅行に出かけていて、今晩は帰ってこない。それを承知で嘘をついた。一人で寝るのが寂しいわけでもない。強いて言えば、朝、起きられるかどうかの不安があるぐらいだった。

「じゃあ、寄らせてもらう」

人混《ご》みの中でもひときわ目立つ長身の男は、胸ポケットから定期を取り出しながら言った。

自転車の止めてあるＪＲは使わず、駅からマンションまで徒歩で帰れる阪神電車を使った。

東郷が家にやってくるのは初めてではなかったが、東郷に嘘をついた後ろめたさが、なぜか水瀬の気分を高揚させた。

「なあ、コーラのペット、買おうか？」

嘘をついた自分が、いつもよりことさら明るく、饒舌《じょうぜつ》になることを水瀬は知った。

「普通のお茶でいい。何か飲みたいのなら、緑茶にしてくれ」

駅前のスーパーで特価とかかれた清涼飲料水を前にはしゃぐ水瀬に、東郷は気持ち首を傾けて、そんな水瀬を見下ろすようにした。

あんな繊細な文章を書く男なら、自分の嘘を見破っているのかもしれない…、そんな気持ちから、水瀬は東郷を卑屈さの入り混じった目で上目遣いに盗み見た。

「俺、普通の緑茶より、十六茶のほうが好き。十六茶とポテトチップスでいい？」

何でもいい、ストイックな男は答える。

家に辿《たど》り着くまでにスーパーに本屋、レンタルショップとさんざん寄り道をした水瀬に、マンションの玄関の鍵を開ける頃には、東郷はすっかり呆れた顔をしていた。

「適当に座ってよ」

借りてきたＤＶＤをリビングのデッキに押し込み、氷を入れたコップをフローリングの床にじかに置く。

制服の上着を脱いで、ソファーに長い脚を持てあますように座る東郷の足許に座って、水瀬はその脚に頭を預ける。

細心の注意を払って、東郷の膝に頭を預けた水瀬に、そのスキンシップ好きを知っているせいか、東郷は一瞬、何か言いたげな顔をしたが、結局、黙ったままでテレビの中のアクションの画面に目を戻した。

リラックスしている風を装いながら、実はがちがちに凝り固まっている自分に比べ、少しの緊張もない東郷の膝が、恨めしくもあり、また、自分の下心を知られていないのだという安堵もあった。

一本目のDVDが終わった時点で、腹が減ったと母親が置いていった食事代で宅配ピザを頼み、かいがいしく東郷の前に紙の箱を開いてみせる。

中学の調理実習のたび、炊き込みご飯で作ったおにぎりや、きれいな黄金色に焼けたマドレーヌをラップで包んでは、可愛らしいリボンを巻いて持ってきてくれた女の子の気持ちが、少しわかるような気がした。

ピザをすっかりたいらげ、二本目のDVDを観終わった九時前、毎回、何かするたびに律儀に膝に頭を預けに戻る水瀬の頭を、東郷が小突いた。

「…おい、ご両親、何時頃に帰るんだ？」

「…何時って」

曖昧《あいまい》に笑う水瀬を、東郷は咎《とが》めるように見た。

「何時なんだ？」

水瀬は緊張に乾いた唇を舐《な》め、長い前髪を指先で払った。

「旅行…、東北に旅行に行ってるから、今晩は帰ってこない」

ソファーに座り直した東郷との間に、少し張りつめたものが漂う。

「どうして、最初から、そういう風に言わないんだ」

「どうしてって…」

腕を組み、真面目な表情で尋ねる東郷に、水瀬は身体を起こし、新しく氷を入れ直したグラスを指先で何度もなぞる。

思いのほか、厳しい表情を作る東郷に、水瀬の鼓動が早まる。

安易に嘘をつく人間だとは思われたくなかった。しかし、自分がひどく卑怯《ひきょう》な真似をしたようにも思えた。

「…ごめん、別に嘘つこうなんて思ったわけじゃない」

ただ、水瀬の気持ちを東郷が知っている以上、両親が留守の家に誘ったところで、東郷がそう簡単に首を縦に振るとは思えなかった。そんな怯《おび》えが、水瀬に姑息《こそく》な嘘をつかせた。

「…なあ、こんな時間なんだし、そんなに怖い顔せずに、泊まっていけよ」

少しでも相手の気持ちをなだめようと低めた声が、自分でも頼りないほどに揺れた。

東郷は口許に長い指をあて、視線を床に落として考え込む。

「…なあ」

恐る恐る、東郷の空いたほうの手に触れた。振り払われたらどうしようという怯えに、思わず指が震える。

細かく震える爪の先を、東郷は黙って見ていた。

「電話、借りるぞ」

長い沈黙のあとにそれだけ言って腰を上げた、携帯を持たない東郷に、水瀬はいつのまにかかすんだ涙目で、何度も頷いた。


「俺のパジャマでいい？　Ｌサイズなんだけど。下着も、新しいのあるから」

狭いユニットバスの脱衣所を覗き込み、水瀬はシャツを脱ぎ捨てた東郷から、あわてて目を逸《そ》らす。

東郷はベルトをゆるめかけていた手を離し、きれいに筋肉ののった腕を伸ばして、パジャマを受け取った。

「…これ、…歯ブラシ」

おずおずと差し出した、新しい歯ブラシのパッケージを東郷が受け取る時に指先が触れあって、みっともないほどに取り乱した水瀬はそのパッケージを取り落とした。

「…ご、…ごめん…っ」

それを拾い上げる東郷が、自分からさりげなく視線を外してくれたのをいいことに、水瀬ははばたばたと子供のような足音を立てて、その場を逃げ出した。

父母の寝室に入って押入れから客用の布団を取り出しかけ、母親のドレッサーに映った自分の顔に愕然《がくぜん》とする。

髪を乱し、顔を真っ赤に染めて、今にも泣き出しそうな顔をした自分が、そこにはいた。

枕を抱えたまま、髪を指先でなおし、火照《ほて》る頬を押さえて、東郷の上半身を見ただけで鼓動を跳ねあげている自分に毒突く。

「…っきしょー、これじゃ、まったくのホモ野郎じゃないか…」

みっともない…と、滲み出した視界に目頭を拭《ぬぐ》い、客用布団を自分の部屋に運び入れる。

部屋のあちらこちらに散らばった漫画雑誌を隅の目立たないところに積み上げ、年頃の男子高校生の部屋にはありがちなその手の危ない本やら借り物のＤＶＤやらを、無理やりタンスの奥のセーター類の下へと突っ込む。

女の子達からもらい受けたぬいぐるみが、本棚の一画に押し込まれて、そこだけが妙に可愛らしくメルヘンな雰囲気を作っている。

母親が人からもらったものを粗末に扱うのを嫌がるせいもあり、また、水瀬自身、毛むくじゃらの丸いラインを持つ生き物が嫌いでないせいもあって、これまでそれらをどうとも思ったことがなかったが、今は、そんな自分の部屋が妙に子供臭く見えて嫌だった。

一度入ったことのある、東郷の部屋を思い出す。

若竹を割ったような東郷の性格そのものを端的に表すような部屋で、四畳半ほどのほとんどもののない部屋の書架に、東郷が好きだという作家の単行本がきっちりと並べられていた。風もないのに揺れる、天井からさがった三羽の銀のカモメのモビールを、父親からの最後の贈り物だと言った。

そんな凜とした横顔が、まっすぐな目が、自分からはるかに遠いようで、あの時はひどく悲しかった。

自分のベッドの横に客用布団を敷くと、狭い部屋は布団だけが目立った。

あえてそのことは考えないように、布団の上にシーツを広げ、皺《しわ》ひとつ残らないように丹念に伸ばした。

その上に大きめの毛布を広げる。長い東郷の手足がはみ出さないように、眠る間に東郷が寒い思いをしないように、心の中で念じながら。

東郷と寝たいのか、それとも、東郷を安らがせたいのか、よくわからない。

東郷を慰めたいのなら、肌を合わせる必要などないのはよくわかっていた。

それでも東郷を求めてしまうのは、自分のエゴイズムなのか…、しかし、胸を引き絞るようなこの切なさは、そんな不純な想いだけでは片付けられないような気もした。

少しでも一緒にいたい、一緒の時間を共有したい…、肌など合わせなくても、それだけは間違いのない事実なのに…。

「お先に」

白い蛍光灯の灯りの下で、枕を膝に、客用布団の上に座り込んでいた水瀬の背中に、東郷の低い声がかかった。

びくり、と跳ねるように震えた肩に、戸口にもたれたままの東郷は何も言わなかった。

きっと、水瀬の想いも、今日、誰もいない家に誘った理由も、十分過ぎるぐらいに知っているはずだった。それぐらい、何も言わなくても、ちゃんと腹の奥で承知する男だった。

そして、それを承知で泊まっている男の気持ちは…。

「ご…ごめん、…俺…」

いきなり、かすれた声に面食らったのは、東郷よりも、むしろ水瀬のほうだった。

「ごめ…、俺…、俺…」

口許を押さえても、溢《あふ》れ出す涙をこらえることができなかった。

ぼたぼたと、音を立てて抱えた枕に涙が落ちた。

「…おれ…」

おまえをホモにしたいわけじゃない、同情で男と寝たような後ろ暗い過去をもたせたいわけじゃない…、言いたい言葉が声にならずに、ただ引き絞るような嗚咽《おえつ》だけが、喉の奥からこぼれ出る。

「風呂入ってこい」

枕を抱え、うずくまった水瀬の前に膝をつき、思いもかけないやさしい声で、東郷は言った。

「顔洗って、その顔、何とかしてこい」

かすかに口を開けたまま、頬に涙を伝わせて見上げる水瀬の目許を丁寧に拭い、東郷は笑った。

「…ごめん、俺…」

早く行け、と背中を押され、水瀬はふらふら立ち上がる。

洗面所で鏡をのぞくと、目を真っ赤に充血させ、ずいぶんひどい顔をしていた。

浴室に飛び込み、高い水音を立てて顔を洗い流し、ぼんやりと熱を孕《はら》んだような身体に頭からシャワーを浴びる。

髪を洗うにも、身体を洗うにも、何をするにも指先の震えが止まらなかった。

寒いわけではなかった。どちらかというと、身体の一点に熱がこもって、胸や腹の奥が鈍く熱い感じだった。

自分のまわりでだけ、時間の観念がおかしくなっているようで、いつもどおりのはずの流れが速いのか、遅いのか、よくわからなかった。

母親の好きなゆずの香りの入浴剤を溶かした湯舟に浸かって、東郷の姿を見ただけで溢れ出した涙を思うと、ちょっとおかしくなった。喉の奥で小さく笑うと、また少し、涙がこぼれた。

水蒸気で曇った天井に目をやると、ふいに同じ浴槽《よくそう》に東郷がさっきまでつかっていたことを思い出し、また鼓動が跳ね上がって、動悸が耳の奥で大きく響き出した。

東郷は、自分と寝てもいいと思っているのだろうか…、考えて、気が遠くなる。これまでの東郷の態度は、腹をくくったようにも、うまくかわそうとしているようにもとれた。もう、それ以上は、考えただけで理性がどこかに飛んでいきそうな気がする。

欲望などよりもむしろ、あの完璧に近い体型を形作る、きれいな骨格に触れてみたいと思った。なめらかで清潔そうな肌の下の、温かい脈を感じてみたいと思った。

そして、東郷という男を理解《わか》ってみたかった。年よりも大人びた、高潔な魂の持ち主を。

さほど広くない浴槽で、そのまま耳まで湯の中につかって、顔だけを水面に出す。

揺れる水音が耳に心地いい。

東郷の小説の中に、水の中で聞く音は、母親の胎内で聞いた羊水の音に似ている…、とあったのを思い出し、不思議な気分になった。

「…水瀬？　…水瀬？」

軽いノックのあと、曇りガラスの向こうから、低い東郷の声がかかった。

「…え、…あ、何？」

あわてて身を起こしたところへ、開けるぞ、との声と共に、東郷が顔を覗かせる。

「…おまえ、一時間近く入ってるから…」

濡《ぬ》れた身体を隠すようにずるずると浴槽の中へ沈む水瀬に、東郷は呆れ顔を作った。

「…え、…ごめ…、一時間も？」

ラジオの時計を振り返る水瀬に、東郷の声がさらに低くなった。

「おまえ、また泣いてたのか」

指摘されて初めて、水瀬は頬を濡らす涙に気づく。

あわてて浴槽の湯で顔をこすり洗うと、東郷は少し苦しそうに眉を寄せ、早く出てこい…とだけ言って、扉を閉めた。

気分を害させたのかもしれないと、あとはあわてて髪と身体を拭って、パジャマをはおって出た。

部屋に戻ると、水瀬のベッドにもたれ、東郷は『宙《そら》の名前』を読んでいた。

水瀬の本棚に並んでいた数少ないハードカバーの中で、東郷の誕生日に水瀬が贈ったその本は、まったく同じ本をあとで水瀬が買ったものだった。

ばかばかしいほどの自分の恋心を見透かされたようで、なんともきまりが悪くて、黙って東郷の側に座った。

「…目、ずいぶん腫《は》れたな」

軽く頰をはたかれた。

水瀬のパジャマでは少し丈が足りないようで、しっかりした造りの手首やすねが袖口《そでぐち》と裾《すそ》から覗いていた。

「…上で寝る？　下で寝る？」

何もきっかけがなく、仕方なく取り繕った問いに、あっさりと下でいいと答え、東郷は本を置いた。

「豆球だけつけとく」

そうまでされるとあとは水瀬にはどうしようもなくて、蛍光灯に手を伸ばし、弱く頼りない電球だけを点した。

「おやすみ」

強く、はっきりした声だった。その声に明確な拒否の意がこめられているようで、水瀬は自分の期待が惨めに押しつぶされてゆくのを感じた。

おやすみ…、答える声が、喉の奥で嗄《かす》れてこもった。

これがつまらない嘘をついた罰なのだと、これが東郷の自分に対する答えなのだと、豆電球だけの薄暗がりの中、また情けないほどに、幾筋もの涙が枕にこぼれて伝った。

馬鹿な誘いをしなければよかった…、これで、東郷も水瀬の浅はかな願望を再認識したことだろう…と、後悔ばかりが込み上げてくる。

自分がひどくつまらない生き物になったようで、喉の奥から込み上げるやるせなさに眠ることもできず、濡れた枕の上で何度も寝返りを打った。

幾度目かの寝返りを打った時だった。

豆電球だけの明るさに目が慣れた水瀬は、それが眠る時の癖なのか、片腕を折って枕の下に差し入れた東郷が、下からまばたきもせずに自分を見上げているのに気づいた。

驚いて、跳ね起きる。

「…馨」

「何だ？」

いつからそうして自分を見ていたのか、跳ね起きた水瀬にも驚いた様子を見せず、東郷は静かに答えた。

「…そっち、…行っていい？」

昂ぶった感情をどうしようもなくて、胸の奥が切れるような切ない気持ちを持ちあぐねて、涙を拭いながらくぐもった声で申し出ると、かなりの間があってから、東郷は少し脇へと詰めた。

それを了承の意にとって、水瀬はベッドを降りる。

脚をおろす時に軋《きし》んだスプリングの音が、やけに生々しく響いて、水瀬は喘《あえ》いだ。

毛布の中に潜り込むと、さっきまであった東郷の温もりが身体を包んだ。

夢中で腕を伸ばすと、ためらうように、押し止《とど》めるように、東郷の腕が一定の位置で水瀬を抱きとめる。

「…俺と寝て…」

欲望よりも何よりも、その温もりの続きが欲しくて、水瀬はせがんだ。

「俺と寝て…」

同性をつかまえての言い種ではなかったが、押し殺した声でそのまっすぐな目を覗き込み、技巧も何もない言葉で、ただ捕らえたその肩にまわした指先だけに力を込めた。

「ねぇ、キスだけ、…キスだけでいいから」

寝る、寝ないという事実より、こうまでなってしまった以上、もう以前の関係には二度と戻れないのだという危機感のほうが先だって、答えを返さない東郷に焦れて身を揉《も》み、最後には泣き声で訴える。

ようやく腕の力をゆるめた東郷の胸許にすがりつき、しっかりとしたその首を抱え寄せる。指先で、抵抗をやめた男の輪郭を何度も懸命になぞって、背筋を伸ばし、唇を寄せた。

慄く唇に温かい息がかかると、水瀬はそれ以上、どうしようもなくなって、ついにはしゃくり上げ、泣き出した。

「ごめん、…ごめん…、俺、こんなつもりじゃなかった」

手放しで泣き出した水瀬に、東郷は自ら唇を重ねた。

「…ごめ…っ、…俺、おまえを困らせるつもりじゃなかった…」

思いのほか、東郷の唇は柔らかく、しっとりとした温もりを持っていた。

清潔な匂いのするキスに、ますます水瀬は泣きじゃくる。

「…どうしよ…、好きなのに…、好きなだけなのに…っ」

首筋にしがみついたまま、ただ泣きじゃくる水瀬の口許に、困惑したように、東郷は何度もついばむような口づけを落とした。

「…わかった、…わかったから…」

低い声が何度もなだめるように耳許にささやいた。

しがみついて、首筋に顔を埋めた。厚みのある胸に腕をまわし、がっしりした脚にもつれるように脚を絡めた。

「…馨、…馨…」

与えられるようになった口づけに、懸命に唇を合わせて応える。合わさった唇を幾度か舐め、やがて開いた唇の隙間《すきま》に舌を滑りこませると、観念したように瞼を閉ざし、東郷が応じてきた。

閉ざした瞼すら、清潔な男だった。まっすぐな高い鼻梁《びりょう》に、何度も鼻先がぶつかるのも、子供のじゃれあいのようでいっそのこと、好ましかった。

…好き、…好き、と何度もキスの合間に唇の中にささやきこむ。それを器用にからめとる東郷の舌先があまりに巧みすぎて、水瀬は会ったこともないこれまでの東郷の相手の女達に嫉妬《しっと》する。

「…触っていい？　…触ってもいい？」

伸ばした前髪を何度もかき上げられながら、ささやくように水瀬は尋ねた。

ああ…、低い東郷の声が応じた。

指を滑らせ、男のパジャマのボタンをひとつずつ外してゆく。現れた胸筋に指をはわせ、何度もくすぐるようなキスをした。

絡めた脚が固かった。水瀬の爪先よりもはるかに下に、東郷の足の甲があって、それが自分よりも大きな男の存在を感じさせた。

懸命に触れた。感じてほしくて、東郷の身体中にキスを降らせた。

東郷の長い指が伸びて、少しずつパジャマのボタンをはずした。

その大きな手のひらがじかに肌に押し当てられただけで、水瀬は小さく悲鳴を上げた。

「…ふ…っ」

胸に押し当てられた手のひらは熱かった。それが少しずつ動かされるだけで、身体中が火照って、宙に浮いたように頼りない感覚になる。

触れられているだけなのに自然に背筋が反りかえって喉が開き、切れぎれの声がこぼれ出る。

誰かに愛撫をほどこされるのは、初めてだった。これまで、こうして触れてくれる少女達はいなかった。自分が触れてやる立場だったからだ。

ゆっくりと、平らかな胸を確かめるように、水瀬という自分とは異なった生き物を確かめるように東郷が触れてくる。東郷の指が滑るたび、触れあう東郷の体温以外のことを考えられなくなる。

こんなに東郷が人にやさしく触れるとは思わなかった。長い指は、もっと無骨な動きをするのだと思っていた。

水瀬は唇を嚙みしめ、喉の奥でこぼれ続ける声を押し殺す。

「…っ！」

東郷の手が腹部に触れていた時だった。

「…ぁ…っ！」

臍《へそ》の周囲を撫でた指に、思わず水瀬がすくみ上がった拍子に、自ら絡めた東郷の脚に、すっかり昂ぶりきったものがこすれた。

「…みなせ…」

低い声で呟くように、初めて東郷が自分の名を呼んだ。それだけで身体中が震えた。

跳ねた水瀬の身体を抱きとめ、まるで珍しい生き物の反応を確かめるように、さらに東郷が脚を割り込ませる。

布越しに感じた固い脚の感触に、東郷の腕の中でそのパジャマの生地を強く握りしめ、その胸に額をこすりつけて、幾度か痙攣《けいれん》するように水瀬は身体を大きく震わせた。

東郷のパジャマを握りつかんだまま、瞼をきつく閉ざし、下腹に広がる熱い充実感にしばらく身をゆだねる。やがて、大きく息を吐きながら熱に乾いた唇を舐め、長い前髪をかき上げながら、水瀬はようやく男の胸に埋めていた顔を上げた。

「…ごめん、…俺、…みっともない…」

あまりのあっけなさに、常にないハスキーな声を熱っぽい唇の間からようやく押し出すが、それでも身体の震えは止めようがなかった。

かすれた声で謝罪を繰り返す唇に、東郷が軽く唇を押し当ててくれる。大きな手に助けられて、水瀬は布団の中で湿った下衣を脱ぎ捨てた。

わずかな刺激に自分でも驚くほどの早さで達した水瀬は、しばらく東郷に抱きしめられたまま息を整えると、ゆっくりと愛撫を中断していた手を東郷の下肢に伸ばしていった。

羞恥のため、顔は上げない。かろうじて、東郷の引き締まった口許が見えるだけだった。

無駄な肉のない滑らかな腹筋を撫でる。健康的に灼けた肌を、両の手のひらいっぱいを使って、少しでも男の性感を引き出すために撫でた。

指がパジャマの下衣のゴムにかかったところでわずかに躊躇《ちゅうちょ》すると、東郷が身を起こし、きれいな動作で邪魔になる生地を引き剝《は》いだ。

同性のものに触れるのは初めてだった。嫌悪感はない。

ただ、自分のものに触れるのとはわけが違って、どうすれば東郷が喜んでくれるのかがよくわからず、手の中でどんどん熱くなってゆくものを懸命に愛撫した。

わずかずつ、東郷の息が乱れはじめる。汗ばんだ自分の首や肩にまわされた腕に、少しずつ力が込められる。

触れあう下肢に、放ったばかりの水瀬のものが、浅ましいほどの早さですぐに形を取り戻す。

強く抱き寄せられて、切なくなって東郷の顔を覗き見ると、男は心もち目を伏せ、やや眉を寄せていた。目が合うと、うっすら開いた唇から熱っぽい息を洩らしながら、水瀬のこめかみに口づけてくれた。

こんな風に息を乱し、こんな風に眉を寄せるのだと、初めて知った。

手にあまるようになった熱さをどうしようかと再び視線を上げると、背筋を支えられ、水瀬がのりかかるようになっていた体勢を、きれいに入れ替えられる。

「…どうするの…？」

胸に東郷の体重を受けて、その重みに喘ぎながらかすれた声で尋ねると、同じようにかすれた声で、馬鹿…と、少し笑われた。

東郷の腰をはさみこむようになっていた脚を、逆に両側からはさみこむようにされる。

閉ざされた脚の間に、ゆっくりと東郷の昂ぶりをはさみこまれる。その熱さを汗に濡れた腿《もも》の内側に感じた時、水瀬は生々しさと喜びとで小さな泣き声を上げた。

ゆっくりと水瀬の上にのしかかった東郷が動き出す。脚の間が熱い。東郷が動くたび、一緒に自分のものも男の固い腹筋にこすれて、それだけでどんどん昂ぶった。

視線をあわせると、気が変になりそうになる。それでも涙目で懸命に整った東郷の顔に視線をあわせようとした。

がっしりした腕に抱きすくめられ、東郷が動くたびに身体が上下に揺さぶられて、切れぎれの泣き声が唇からこぼれた。

擦《こす》れあった部分が今にも爆発しそうになる。

最後には東郷の肩に爪を立て、泣きじゃくって、一緒に達した。

濡れて乾きかけた脚の間が不快だった。東郷が後始末をしてくれても、脚の間の湿り気までは拭いきれなかったようだった。

それでも触れあった東郷の温もりは心地よかった。

東郷は眠っている。規則正しい息づかいに、寝顔を盗み見る水瀬のほうまで幸せになる。

眠っていても、端整な顔立ちの男だった。まっすぐな高い鼻梁が、潔い。真っ黒な濃い睫毛は、若武者の人形を思わせる。

ねだって、腕枕をしてもらったために、今日は腕が上がらず、かなり苦しいはずだ。それでも、東郷は健康的な眠りについている。

カーテンの隙間から見える空が、うっすらと白みはじめる。

水瀬は東郷の寝顔につくづく見入り、確かめると、やがて自分も浅い眠りについた。

II

頬にひやりとした冷たさを感じて、水瀬は目を覚ました。

「…あ…、…ああ、伊集院か」

窓際のクリーム色のカーテンごしに冬の穏やかな日が差し込む中で、伊集院が水瀬の頬に押し当てたジュースの缶を持って微笑んでいた。

「今、何時？」

保健室のパイプベッドの上に目をこすりながら、水瀬は身を起こした。

「四時間目終わったところ」

昼食前に、伊集院はわざわざ水瀬を起こしに来てくれたらしかった。

「…そっかー、…俺、なんか、まだ眠いわ」

レモンスカッシュの缶を、飲む？　と差し出されたのを受け取り、冷てー…と、頬に押し当てながら、水瀬はぼやいた。

なんとはなしに、全身がだるかった。眠りが浅かったせいかもしれない。

年がいもなく、みっともないほどに泣きすぎた目は腫れて、ねむねむの子供のような目になっている。

水瀬は今朝、いつもどおりの時間に鳴った目覚ましによって、東郷に起こされた。

同い年のくせに妙に腹のすわった男は、照れや恥じらいよりも、学校へ行く義務感のほうが先立つようで、眠る水瀬の頬を軽くはたくようにして起こした。

あまりのだるさに、もう少し、寝ていこう…、と言った水瀬の提案は却下された。

東郷は、眠い、とぐずる水瀬を浴室に突っ込み、その間に食パンをトースターで焼き、水瀬が出てきた時には、すでに制服に着替えて食卓で待っていた。

ぼんやりしている間に鞄に教科書を揃えて入れられ、詰め襟のボタンをとめられた。

玄関先でもう一度、遅れていこう…と提案して、東郷の作った厳しい顔に口をつぐんだ。

そんな律儀さも好きだと、駅まで腕を引っぱられながら思った。

いつもより一本早い満員電車の中で、水瀬をかばうようにドアに腕をついた東郷がわずかに眉をしかめたせいで、それがずっと腕枕をしていた側の手であることを思い出し、幸せな気分になった。

そんな東郷の腕に甘えるように頬を寄せながら、ビルの向こうに昇る冬の朝日を新鮮な気持ちで見た。

それでも押し寄せる眠気には逆らえなくて、東郷と選択の別れる音楽の授業時に保健室へ抜け出し、南向きの部屋が快適なのをいいことに、眠り続けて今に至る。

「…馨ちゃん、…怒ってなかった？」

結局、水瀬の怠惰な態度を許さなかった東郷の目を盗むようにして保健室へと寝に来たのが気になって、ひんやりした缶を頬に押し当てたまま、水瀬は伊集院の整った横顔に恐る恐る尋ねた。

中途半端なことが嫌いな男だった。そんなに激しい行為を水瀬に強いたわけでもなし、腫れぼったい瞼が重いために眠りたいという水瀬の言い分を、鵜呑《うのみ》にしてくれるような生温いやさしさは持ち合わせていない男だった。

「いいや…」

伊集院のゆるやかなまばたきの中にあるわずかな引っかかりには、水瀬は気づかなかった。

「お昼、どうする？」

水瀬のベッドの縁《ふち》に腰かけながら、伊集院が尋ねる。

「…なんか、あんまり腹へってないし、もう少し寝ていく」

…うーん、と頭をかいたあと、食欲魔人の異名をとる水瀬らしからぬ返事を返し、プルタブを引きながら、水瀬は伊集院からさりげなく視線を外した。

東郷とのあまりにも幼い初夜のあと、世界が妙に新鮮で気恥ずかしいのと、生半可な気持ちでは自分を好いていないらしい伊集院への罪悪感からだった。

自分も同じ想いを東郷に抱いているため、片思いの辛さは十分に承知している。

伊集院が自分に寄せてくれている気持ちがどれほどのものか、水瀬には測ることができなかったが、ときおり物腰の柔らかい伊集院の見せる真摯な視線や表情に、自分に向けられる気持ちの深さを思い知らされる。

それを平然と無視出来るほど、水瀬の神経は太くは出来ていなかった。

「いい天気だな。寝てる間、気持ちよかっただろ？」

伊集院は窓の外を見やりながら、微笑む。

穏やかな日和《ひより》だった。ストーブをつけなくても、南向きの保健室は十分に暖かかった。

伊集院は立ち上がると、窓を開ける。寒さは感じなかった。ひなたの匂いが柔らかな風と共に流れ込んでくる。

穏やかな風は、伸ばした水瀬の前髪を揺らした。

伊集院はそのまま窓辺に立っていた。

すらりとした立ち姿がきれいな男で、全体的に骨っぽく無骨な印象を持つ東郷に比べると、よほど洗練された外見を持つようにも見えた。

「昨日、馨と何かあった？」

天気の話の続きでもするように柔らかな話し方で、窓から中庭を覗き込んだまま、伊集院は言った。

「…え…？」

水瀬は伊集院の言葉の意味がよくわからず、あおっていた炭酸の缶から唇を離した。

「俺、昨日、馨に電話したんだよ。そうしたら、お母さんが出て、水瀬君の家に泊まってるって。

たいした用じゃなかったし、そのまま切ったんだけど…、水瀬は昨日から両親とも旅行に行ってるって言ってたし…、今朝来てみたら、水瀬は目を腫らしてるし、馨との関係が昨日と同じじゃないような気がする。

何より、お前ら二人の間の空気が、微妙に違って見える。

それは…、俺の気のせい？」

物言いはあいかわらず柔らかかったが、言葉の中には水瀬の嘘やごまかしを許さない強さがあった。

「あー…、そんなに目ぇ腫れてる？」

一応、笑ってみたが、振り向いた伊集院は、浮かべた笑顔を少しも動かさなかった。

その沈黙の重さに、水瀬は缶を手に膝を抱えたまま、何度も毛布とその上に広げた詰め襟に目を彷徨《さまよ》わせる。

「…寝たよ、…東郷に頼んで、縋《すが》りついて…、みっともないぐらいに泣いて、…寝てもらった…」

表情ひとつ動かさない伊集院の沈黙に耐えかねて、陽だまりの中で抱えた膝に顔を埋め、水瀬はくぐもった声で白状した。

「…みっともね…」

不意にベッドが軋んで、驚いて顔を上げると、ベッドの上に手をついた伊集院がかがみこんで額にキスをした。

「…みっともなくなんかないよ」

額の髪をかき上げられ、さらにもう一度、額に口づけられる。

唇が額に触れると、伊集院の苦悩がわかるようで、胸が痛んだ。

「みっともなくなんかない」

うん…、と頷くと、伊集院は何度も髪を指先ですいた。その制服の胸許だけが、膝を抱えた水瀬に見えた。

「…でも…」

ゆっくりと伊集院が身を起こす。

「俺は水瀬の中で、いったいどれほどの存在価値があるの…？」

自嘲のような低い呟きだけが水瀬の耳をかすめた。

「…ごめ…、俺…」

伊集院の詰め襟の裾をつかむ。

どうして謝ってしまったのかはわからなかった。ただ、真摯な伊集院の想いをあまりにも酷《ひど》く踏みつけにした気がして、とっさに制服の裾をつかんでいた。

その手を長い指で包みこみ、伊集院は水瀬の指を一本ずつ丁寧に離した。

「智宏《ともひろ》が謝ることないよ」

あいかわらず、音楽の一小節でも口ずさむように、伊集院は水瀬の名を呼んだ。

「結局は、俺も智宏に同じことをしたんだから…、それを受け入れるか受け入れないかは、相手への想いの深さなんだよ」

だから、馨にも水瀬を受け入れようっていう気があったんだよ…、歌うように伊集院はつけ加えた。

「また、放課後に迎えにくるよ」

ベッドの上に水瀬をひとり残し、伊集院は保健室を出ていってしまった。

昼休みの後半に、水瀬の好きなハムサンドなどを下げて、東郷が顔を見せた。

「…そんなに辛かったのか？」

枕元で東郷が目を眇《すが》める様が痛ましくて、水瀬はそうではないと首を横に振った。

嬉しくて眠れなかったと言ってやると、少し眩しげに東郷は目を逸らした。

五時間目が終わった段で、やってきたのは浅井だった。

「伊集院に何か言ったか？」

トレードマークのロイド眼鏡を指先で押し上げながら、学年一の頭を持つ男は慎重に尋ねてきた。

言葉の中に水瀬を責めるニュアンスが混じらないように、精一杯言葉尻を柔らかくしているのがわかる。

「昼休みにここへ来てから、少し様子がおかしい」

どうしてこの三人は、お互いにまったく性格が違うくせに、こうまでよく気がつくのだろう…と、ベッドの上で身を丸め、水瀬は溜め息をついた。

だから、お互いにタイプが違うくせに、五年近くもつるんでこれたのかもしれない…と思いながら、浅井を見上げる。

「東郷は、なんか一皮剝けたような妙にすっきりした顔してるし、伊集院は授業中にどこか一点見てたかと思うと、休み時間ごとにどこかへ消えちまうし…。俺、本当はここにいるのかなと思ってきたんだけど」

だいたい、おまえ、いつまでここで寝てんだよ…と、次には悪態をつきながら、浅井は乱暴にベッドに腰を下ろした。

水瀬のさぼりは見通しているらしかった。

「…あー…、…伊集院、やっぱり荒れてた？」

「んー？　荒れるって言うより、少し投げやりって感じかな。何考えてるのか言わないところは、馨以上だからな」

頭の後ろで腕を組み、浅井はベッドに倒れこむ。

「…おまえ、東郷と何かあったな」

問いではなく、断定の口調で浅井は天井を睨《にら》んだまま言った。

「馨、昨日、おまえんちに泊まったらしいな」

ここまでは、東郷に聞き出したと浅井は唸る。

「まさか、最後までやったのか」

最後までって？　逆に今度は水瀬が尋ね返した。

「あれ…、素股《すまた》ってやつだと思う。なんか、頭の中、真っ白になっちゃって、俺、そんなに女の子とも経験あるわけじゃないし、はっきりわからないんだけど…。男同士で、あれ以上、どうするんだよ？」

丸めた身体を前後に揺らしながら尋ねる水瀬に、浅井は前途多難だねぇ…、と溜め息をついた。

「あら、あら、またお客さん？」

もうすでに五十近い年でありながら、学校の紅一点である白衣を着た保健の先生が湯呑みを片手に入ってくる。

「ちょっと、浅井君。もう、たいがい、水瀬君、連れて帰ってちょうだい。休み時間ごとにお友達が来るわ、ここでお昼食べるわで、とんでもないさぼり魔だわ。うちはね、寝るなら、二時間までって決まってんのよ。本当にしんどいなら、早退しなさい」

さあ、起きた、起きたと、水瀬の母親よりもさらに年配の中年の女は、水瀬の使っている布団をたたみはじめる。

布団をはぎ取られた水瀬は、頬を隠す髪をかき上げながら、ようやく革靴に足をつっこむ。

「まぁ、念願かなって、よかったじゃないか」

保健室を出たところで、ニヤリと浅井が笑った。

長い廊下の端の昇降口を何かを口々に叫びながら、中等部の少年達が足早に入ってくるのが、コンクリートの廊下に幾重にも反響した。

もう、休み時間も半ば近く過ぎているようだった。

「うん」

水瀬は自分と同じぐらいの身長を持つ友人を前髪越しに見ると、頷いた。

満ち足りた充足感があった。自分の周囲の何もかもが、穏やかな光に包まれているように見えた。

何年かごしの恋が実って、花婿《はなむこ》のもとへとヴァージンロードを歩む花嫁の気持ちが、今なら少しわかるような気がした。

「俺、おまえに言いたいことがあるんだわ」

教室へと戻る、明るいガラス張りになった階段の踊り場で、少し真面目な顔で浅井が口を開いた。

「ん？」

ポケットに手をつっこみ、次の階段へと足をかけたまま、水瀬は浅井を振り返る。

「俺…、四月からアメリカへ行くよ」

「へ…？」

浅井の言葉の意味がわからず、水瀬は呆《ほう》けた顔で、穴が開くほどに友人の顔を見た。

「いよいよ、NASAへ行く準備を本格的にはじめようと思ってな」

「NASAって、おまえ…、本気か？」

本気だよ…、浅井は眼鏡の奥の一重の目を細める。

「まさか、急にＮＡＳＡへ入れるなんて思ってない。まずは、大学だ。むこうの大学へ入って院まで行く。一応、この秋から、マサチューセッツ工科大の宇宙工学科へ入れることになったから」

マサチューセッツ工科大の宇宙工学科、浅井の言葉を二度ほど口の中で復唱して、ようやく水瀬は事態を呑み込んだ。

甘やかな気持ちが一気にふっとび、急に現実が目の前に戻ってくる。

「おま…っ、マサチューセッツの宇宙工学科って、軽く言うなよっ、軽くっ。駅前のＮＯＶＡやＥＣＣ外語学院へ行くのとは、わけがちがうんだぞっ」

思わず、浅井の肩をつかんで揺さぶる。

浅井は穏やかな冬の日差しの中で、水瀬に肩をつかまれたまま、目を細めて笑った。

「おまえ…、アメリカに行っちゃうの？」

うん…、友人はひとつ頷いた。

「入学は九月からだから、四月から向こうへ行って、半年間はひたすら英語の勉強だ。新学期からの授業にすぐについていけるように」

「大学は…、大学はどうすんだよ。俺ら、一緒の大学にいけるんじゃなかったのか。俺、お前らと一緒なら、きっと楽しいって…、きっとなんでもやっていけるって…、そう思ってたのに。

第一、おまえが行ったら、俺の古典や歴史…、誰が教えてくれるんだよ」

チャイムが鳴った。

二人の側を、慌ただしく教室移動の生徒達が走り抜けてゆく。

「古典も歴史も、馨や伊集院が、ちゃんと面倒見てくれるよ。それに、そんな心配しなくても、最近、水瀬の成績、ちゃんと上がってきたじゃないか。ちゃんとこのままの位置をキープしてたら、国立狙いできるだろ」

浅井はなだめるように水瀬の肘をたたいた。

「おまえ…、だって、留学するなんて、一言も言ってなかったじゃないか」

心ならずも、水瀬の声が泣きそうに攣《つ》れた。

「だから、真っ先にお前らに言ったんだよ。入学を認める通知が来たのは昨日だ。だから、誰よりも先にお前らに言った」

水瀬は何度も唇を噛み、揺れる髪を指先でいじった。

「俺達を置いていくの？」

「置いていくんじゃない。みんな、もう、自分に見合った道を選びはじめてるんだよ。おまえだって、昨日、馨と寝ることを選んだんなら、それはおまえの選択なんだよ。おまえと馨はもう、自分の中のタブーを乗り越えることを選んでるんだよ」

「…そういうもの？」

水瀬は首を傾けながら、浅井に背を押されるままに階段を上りはじめる。

「…俺、時々、おまえの言うこと、哲学的すぎてわからない」

浅井は横で人の悪い笑みを浮かべた。

「俺、そんなに難しいこと、言ってないぜぇ」

「てめっ、このぉ…」

階段を上りながら浅井の首に腕をかける水瀬に、廊下を通り掛かる教師が怒鳴った。

「おまえら、早く教室に戻らんかぁっ！」

七章

春休みの最後の日曜日、関西国際空港の国際線ロビーは思ったよりも混み合っていなかった。

雲のほとんどない、よく晴れた空が明るい。ガラス張りの新しい空港の建物から見えるその晴れ間が、気持ちいいほどだった。

便が出発する二時間前にカウンター前にやって来た三人は、両親や兄弟と一緒のはずの浅井の姿を探していた。

「浅井、見っけ！」

人混みの中で、伸び上がってまわりを見まわしていた水瀬は、両親にはさまれて座るジーパンにニットというラフな格好の浅井を見つけ出した。

「あっさいーっ」

長らく会っていなかった友人を見つけたかのように、両手を大きく振りながら駆け出す水瀬を、伊集院と東郷は苦笑しながら見る。

浅井とは先日、送別会の名目で伊集院の家に集まって飲み会をしたばかりだった。

「馨…、水瀬のスキンシップって、犬以下だな」

「まったくだ」

顔を見合わせた二人は、両親に会釈すると、水瀬に全身で抱きつかれ、振りまわされている浅井を助けにかかった。

「はーい、どうどうどう、水瀬、離れてねーっ。二人とも、よく来てくれたな。悪いな、遠いのに」

大型犬なみにスキンシップの激しい水瀬を無理に引き剥がすと、浅井はまだ背に張りついたままの水瀬をそのままに、二人の長身の友人を見上げる。

「搭乗は何時だ？」

「一時間前。よかったー、来てくれて。親父の車が早く着きすぎて、時間持てあましてなー」

ぼやく浅井に、伊集院は空港内のショップの包装を差し出す。

「はい、お餞別《せんべつ》」

「何、これ？　今、開けていいのか？」

「おう、開けてみ」

嬉しいねぇ…と、相好を崩していた浅井は、紙袋の中の毛むくじゃらのベージュのかたまりを見ると、不審そうな顔を上げた。

「何、これ」

ワントーン、声の調子を落とした浅井に、伊集院は人の悪い笑みを向ける。

「名前はグスタフ」

自慢の黒の革のキャップを斜にかぶり、浅井の背後から抱きついたまま、その肩に顎を乗せた水瀬が言う。

「名前って、これ、なんだよ。おまえら、いい年してヌイグルミかーっ」

まったく、おまえら、気が利かねぇ、と浅井は袋の中からくたくたの犬のぬいぐるみをつまみ出し、口を尖らす。

「何がグスタフだよ。子犬のルークって、ちゃんと書いてあんじゃないか」

赤い首輪に指を通し、犬を目より上に持ち上げて、浅井は水瀬の頭を小突いた。

「水瀬がお餞別にグスタフをやろうって言い出してねぇ。俺なんか、おかげで店員さんにわざわざグスタフっていう犬のぬいぐるみありますかって、聞いたんだよ」

クニャクニャと芯のない、愛敬ある顔の犬のぬいぐるみを指先でつまみ上げ、伊集院は笑みを含んだ流し目を水瀬にあてる。

「仕方ねぇだろ。いとこの姉ちゃんが、そいつのこと、グスタフ、グスタフって呼んでたんだから。だから、俺もグスタフだって思っただけじゃないか。おまえ、さらりとした顔して、案外、根にもつ男だな。質《たち》悪いよ。

どっちみち、伊集院なんて、店のお姉ちゃんと仲良くやってたんだからいいじゃないか」

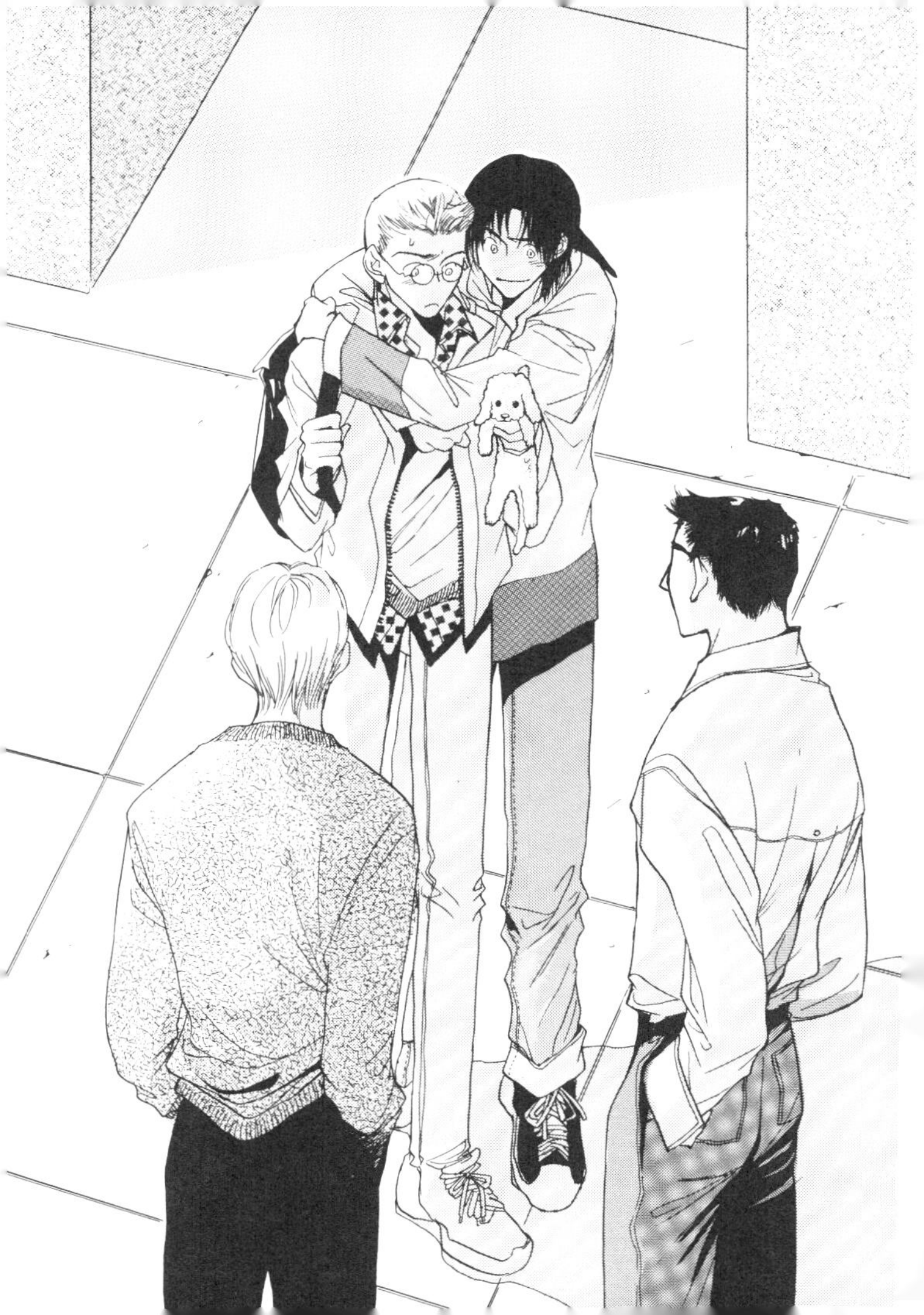

だから、こいつはグスタフだっ、くったりした犬の頭をつかむと、水瀬は勢いこんで浅井の鼻先へそのぬいぐるみを突きつける。

「ああ、わかった、グスタフね」

「夜も一緒に寝てくれなきゃ、嫌よん♥」

ベッドでは必ず、横に置いてねん…と、背後でくねくねとしなを作る水瀬を、腕組みした東郷は苦笑したまま眺める。

「おまえ、大変なやつ、相手にしたねぇ」

自分よりも十センチは高い東郷の肩に手をつき、浅井は溜め息をついた。

「その件については、まだ保留」

にっこりと東郷の肩に腕をまわした伊集院が微笑む。

「保留って、まだ、揉めるのかよ」

「そう、まだまだ。俺って、質悪いから」

だってよ、水瀬…、振り向く浅井の肩に、水瀬は黙って少し恥ずかしそうに顔を埋めた。

「なんだよ、おまえら、まだ決着ついてなかったの？」

浅井の両親に食事をご馳走になったあと、水瀬と二人、トイレに向かった浅井は、清潔な洗面台で手を洗いながら、鏡越しに水瀬を見た。

「決着なんて、俺、いつついたって言ったよ」

並んで手を洗いながら、水瀬は口を尖らせ、うつむく。

「あれから、馨となんにもなかったのか？」

「何もねぇよ」

それに触れられるのが照れくさくて、石けんのポンプをむやみに押し、手を泡だらけにして水瀬は頬を膨らます。

「一回も？」

「一回もだよ、畜生」

「だって、おまえら、春休みにも何度か一緒に映画とか行ってただろ」

「俺はデートだと思ってたけど、東郷はそう思ってないみたいなんだから、しょうがねぇだろ。女と違って、俺だけ気分出すわけにもいかないし」

ふうん、と乱暴にコックをひねる水瀬を、特徴ある丸眼鏡の奥の目を細め、浅井は楽しげに笑った。

「伊集院はなんて？」

鏡の中で、水瀬は尖らせた唇の先を、微妙にまげた。

「わかんない」

「わかんないって、なんか言ってきたろ」

「何も」

拗ねた子供がするように、水瀬は鏡の中の浅井に向かって派手に蛇口から流れる水を撥《は》ねあげた。

「俺…、あいつに甘えてんのかな」

「まあ、あいつが一番大人だからねぇ。甘やかしてくれるんなら、甘えとけよ」

鏡を水滴がいくつも伝うのを眺めながら、腕を組んだ浅井はにやにや笑う。

「…大人って、馨ちゃんは大人じゃないの？」

濡れた手で鼻先を拭いながら、水瀬は鏡越しに浅井を見た。

「馨はね…、何考えてるか口にしないから大人っぽく見えるけど、結構いろいろ頭の中で迷ってるよ。筋道だててものごとを考えられて、ちゃんと自分で結論だしてるのが伊集院。あいつが諦めないって言うんなら、まだまだこじれるんじゃないの？

まぁ、もっとも馨も伊集院も、おまえよりはずっと考え方が大人だけどね」

水瀬は仏頂面《ぶっちょうづら》のままで手を振った。

「浅井だって、興味ない、興味ないって言っときながら、どうしてそんなに楽しそうなんだよ」

「俺ぇ？　そういえば、けっこう楽しかったよ。水瀬の泣き言聞くの」

小粋なロイド眼鏡をかけた愛敬ある外見に似合わずシュールな少年は、それでも楽しそうに肩を揺すった。

「いよいよだな」

少し声を落とし、水瀬は姿勢を変えて洗面台に腰かけた。

「来いよ、夏休みにでも」

他の客の迷惑そうな顔も顧みず、浅井は並んで洗面台に腰を下ろす。

「おまえぐらいだよ、受験生にアメリカ来いなんて言うの」

ぼやく水瀬に、だって、来るんだろ…と、浅井は少し首を傾ける。

「馨もちゃんと作家目指してるしさ、おまえはＮＡＳＡに行くっていう目標あるしさ…、俺だけ置いてかれたような気になるんだよな…」

「追いついてこいよ」

浅井はニッと、歯を見せた。

「おまえなら、これるだろ。伊集院やおまえなら、すぐにこれるだろ？」

両親がその異様に切れる頭脳を嘆いたという少年は、年にそぐわぬやんちゃな笑顔を見せた。

まるで遊び友達を鬼ごっこにでも誘うような、無邪気な笑い方だった。

「これ」

水瀬はかぶっていた革のキャップを取ると、今日もちゃんとディップで前髪を整えた浅井の頭に、乱暴にかぶせた。

「げっ、おまえ、せっかく決めた俺のセットを」

「俺からの餞別」

水瀬は早口にそれだけ言って、戸口へと向かう。

「おまえ、これ、宝物なんだろ」

あわててキャップを片手に浅井はその背を追った。

「おまえ、欲しいって言ってたから」

水瀬は振り向かずに答えた。

「いいのかよ」

うん、と水瀬が頷くのを確かめ、浅井はキャップのつばを後ろに、立てた前髪が崩れないように浅くかぶった。

「サンキュ」

水瀬のために扉を開きながら、浅井は笑った。

「でも、おまえら、気前いいよな」

「え…？」

目許を少し濡らした水瀬が不審な顔で、浅井の顔を見る。

「伊集院は俺が前からずっと狙ってたウォーターマンのボールペンくれたし、馨は俺がヨダレたらして欲しがってたエリック・クラプトンのインディーズのＬＰくれたよ」

「おまえ…いい性格してんじゃないか…」

水瀬の呪詛《じゅそ》に似た呻きは、浅井の楽しげな笑いにかき消された。


「あれが浅井の乗った飛行機？」

水瀬はすでに涙で真っ赤になった目を何度もまばたかせ、硝子に額を押しつけた。

俺、涙もろいから…、そんな水瀬の言い訳を誰も笑わなかった。

アメリカに連れてやってくれと、別れ際、最後に東郷がデニムシャツの胸ポケットから出して手渡した封筒の中身を見て、終始笑顔を見せていた浅井が、最後に涙を見せた。

封筒の中には、四人が揃って写った二年間の写真が数枚入っていた。

教室の中で、修学旅行で、信州旅行で、そして正門前で…、その時、その時の表情で、四人が写っている。

一年の頃から大人びて見えた伊集院や東郷も、今に比べると、まだはるかに丸みのある輪郭で、幼い表情をしていた。

それでも目に浮かんだ涙を袖で拭うと、サンキュと浅井は最後に笑った。

駆けつけてきた担任やそのほかのクラスメートにもみくちゃにされ、浅井はゲートの向こうへ消えた。

浅井の乗ったジャンボジェットは、すでに離陸準備を終え、滑走路脇へと動きはじめている。

何度も頭を下げる浅井の両親とも別れ、三人は滑走路の見えるスカイラウンジへと移動してきていた。

「俺、中学の卒業式の時も泣かなかったのになぁ…」

硝子に額をこすりつけたまま、水瀬は呟く。

目の前のレモンスカッシュにも手をつけようとしない水瀬を、東郷も伊集院も責めようとしない。

「あ、動きはじめたよ…」

滑走路へと目を向けたまま、子供のように飛行機の動きの逐一を小さな声で報告する水瀬の手許に、向かいに座った伊集院がハンカチを押しやった。

おとなしく手許のハンカチを握りしめ、それでも水瀬は滑走路から目を離さなかった。

ゆっくりとジャンボが滑走路へとまわりこんでゆく。

「あ、滑走路に入った」

徐々に飛行機が滑走路中心へ進んでゆく。

滑走路へはいってしまうと、長かった待機時間にくらべ、飛行機が動き出すまでの時間はあっけないほどに短かった。

巨大な機体が、やがて滑るように長い滑走路を動きはじめた。

滑走がどんどんスピードを増してゆく。

「あ…」

テーブルに置かれた水瀬の指先がピクリ、と動いた。

「飛んだ…」

ふわりと、何でもないことのように鉄のかたまりは機首を浮かせると、その重さを感じさせないほどの速さで地上から離れはじめた。

すぐにかなりの角度に機首を上げ、飛行機は一面に広がる青空へと向かう。

ぼろぼろと水瀬の頬を伝ってゆく涙を、東郷が脇から握らせたハンカチで拭う。

「あいつ…、夏休みに来いって…」

泣き顔が恥ずかしいと口ごもりながら、子供のように顔をおおい、水瀬はいくつも涙をこぼした。

「男が友人と別れる時に流す涙は、誰にも恥じることがないんだって…、むしろ、それだけの友人を得られたことを誇れって…、昔、小説で読んだ」

東郷は水瀬の頭を何度も撫でた。

「伊集院と俺に…、追いついてこいって…」

ＩＱ１６０の男にそう簡単に追いつけるかよ…、呟きながら水瀬は涙を拭った。

浅井の乗った飛行機はすでに海のはるか上、白く光る一点になっていた。

「水瀬、俺が行っても、そんな風に泣いてくれるの？」

ふいに真顔で伊集院が尋ねた。

「あたりまえだろ、殴るぞ」

赤くなった鼻をかくし、水瀬が少し眉をつり上げる。

少し目を伏せ、なら、いい…と呟くと、伊集院は口の両端を上げて見せた。

「ああいう浅井の決断力や、十年越しの人生設計見せられると、俺って子供なのかな…て、思うよ」

レジで支払いをすませながら、水瀬は伊集院を見上げた。

「あたりまえだろ、俺達、まだ、未成年なんだから」

水瀬は伊集院の言葉が、東郷の小説の中の一説をふまえていることを悟った。

「まぁな。…いまだ、成人しない者達…人として成らない者達…だもんな」

「それだけ、未熟者ってことでしょ」

伊集院は肩をすくめた。

あいかわらず、こいつはいい男だと、水瀬は笑った。

「待たせたな」

最後に勘定をすませた東郷が、背後から低く声をかけてきた。

そういえば、初めて会った時も、こんなシチュエーションだったと、水瀬は二年ほど前を思い出した。

「なんの話だ？」

珍しく東郷が首をかしげた。

「別に…俺達がまだ子供だってことだよ」

水瀬はエスカレーターのほうへと、自分よりも背の高い二人の肩を押した。

空のプリズム

I

例年よりも桜の開花が遅れていると、朝、出がけの天気予報でキャスターが伝えた春、クラス替えもない高三の新学期は、二年の三学期とまったく変わりない担任、変わりない雰囲気、変わりないメンツで始まった。

違うのは、今年が受験生であるという担任の脅しにも似た厳重な注意喚起と、中等部から一緒だった浅井亨《あさいとおる》がいないことだった。

受験カリキュラムについてのHRの間、東郷馨《とうごうかおる》は先月まで浅井のいた席に視線を移す。机はまだ空いたままになっている。おそらく、このHRの終わったあとの席替えで、机を教室外に出すことになるのだろう。

ついこの間まで一緒にいた相手がいないと、こんなにも落ち着かない気分になるんだな…、と東郷は少し感傷にふける。

浅井はまた落ち着いたらメールを送ると言っていたが、しばらくはホームステイ先で過ごすと言っていたし、もともと浅井自身がマメにメールを送って寄越すタイプでもなかったので、メールが送られてくるのは生活が落ち着いた二、三週間ぐらいあとだろうか。

携帯を持たない東郷自身も、夜、たまに家のパソコンでメールをチェックするぐらいで十分に足りていたが、しばらくはまめにチェックしてみようと思う。

もともと中等部の頃の浅井は、メール報告どころか、自分の考えや身のまわりのことも、安易に話すような少年ではなかった。昔から口調こそ軽妙だったが、内面的なものに関してはガードが堅くて気難しいところもあり、他人に干渉しない代わりに、自分にも干渉させない、立ち入らせないというタイプだった。

その醒めて老成した目で物事や人の立ち位置などはよく観察しており、時折、ばっさりと斬《き》るようなもの言いをする、それがまた、ずいぶんシュールで的を射ている…、そんな雰囲気が、同級生らの中で少し浮いていたようなところがあった。

東郷がそんなことを考えながら浅井の席を眺めていると、同じように浅井の席を観ていたらしい水瀬智宏《みなせともひろ》と目があった。

水瀬は少しはにかんだような顔を見せると、ちらりと歯を見せ、小さく手を振ってくる。

東郷も、それにわずかに口許をゆるめてみせた。

最近になって、急速に東郷の中で存在感を増してきた友人。

あいつだ、水瀬が混じってから…、東郷は口許にまだ笑みを残したまま、水瀬から手許のプリントに視線を戻す。

水瀬の屈託のなさが浅井にも作用したのか、本当に水瀬と二人、浅井はいつも子供のように楽しそうにはしゃいでいた。あの浅井が海で制服のまま水を掛け合い、頭からずぶ濡れになるなど、水瀬がいなければ考えられなかった。

伊集院《いじゅういん》が気に入って水瀬に声をかけに行って以来、いつのまにか四人で動くことが当然のようになっていたが、中等部時代に三人でいた時と、高等部になってから四人でいた時とはまったく空気感が違う。

水瀬はよく、おまえらみたいな大人っぽいルックスのいい奴ばっかり、よく集まったなぁ…などと呆れていたが、中学時代、浅井と伊集院、東郷が固まっていたのは、三人ともどこかクラスの中で完全には馴染《なじ》みきれない独特の雰囲気を持っていたためだと思う。

浅井がまず伊集院に声をかけ、伊集院が東郷に声をかけてきて、いつも何となく集まっていた。

ただ、三人で連れだってどこかに行くとか、互いに何もかもを打ち明けて話すということはなかった。

それでも、あの頃、必要以上の詮索をしない二人とは、一緒にいるとずいぶん楽だった…。

詮索しない上に、察しがいい。

両親の離婚問題などで姓が途中で母方のものへと変わった東郷にとっては、好奇心を剝《む》き出しにもせず、無理に何かを聞き出そうともせずに黙って側にいてくれた二人は、ずいぶんありがたい存在だった。二人は黙って、周囲からの精神的な垣根にもなってくれていた。

今、自分に少し精神的な余裕が出てくると、あの時、黙って側にいてくれた浅井と伊集院の気遣いがわかる。そういった意味では、浅井と伊集院の二人は本当に出会えてよかったのだと、東郷は口許に大きな手をあてがいながら思った。

だが、その分、同級生らの中では必要以上に老成して、毎日を淡々と過ごしていた三人の中に、いきなり飛び込んできた無邪気な存在が水瀬だった。

水瀬の全開の好意と柔軟性、年相応の子供っぽさはいつもキラキラしていて、東郷の目から見ても眩《まぶ》しかった。

眩しい…。

東郷は再び、少し前にいる水瀬へと視線を戻す。

眩しくて仕方がない。妙にキラキラしている上に、危なっかしくて仕方がない。

かつて、あんなに尊敬していたはずの父親を欠いて以来、徐々に色彩を失い、無味乾燥なものとなっていきつつあった日々の中に、次々と明るく弾むような色彩を足していったのは水瀬だった。

時期的に東郷が少しずつ父親のいない生活に慣れてきたせいもあるのだろうが、水瀬に出会った頃からの記憶にはいつも鮮明な色味が伴う。

以前、皆で連れ立っていった海で見た日差しのように、一年前、二年近く前のことですら生き生きとして、まるで昨日のことのように思える。その鮮やかさときたら、父親に関する苦々しい感情や、自分でも塗り替えきれない憎しみの記憶さえも薄らぐほどだった。

あの冬の日、自分の横で目を真っ赤にして一生懸命に手を温めようとこすってくれた水瀬の存在が、どれだけ自分を癒《いや》してくれのか、きっと水瀬自身も知らないだろう。

自分が最後まで望みをかけていた父親には、自分達以外にもっと大事な存在があるのだと、あれほど尊敬していた父親は、結局、自分との約束を守ってはくれなかったのだと知ったことには確かに落ち込んだ。

しかし、一人ではないのだと、自分のためにこんなに心を痛めてくれる存在がすぐ側にいるのだということは、あの日、ずいぶん東郷の心を慰めた。父親の裏切りに傷つきはしたが、同時に自分のために泣いてくれる存在に慰められもした。

ほだされるというのか、癒されるというのか…、今のこの思いを何と言い表せばいいのかはよくわからないが、今は水瀬のことをもっと知りたいと思っている。もう少し、自分に近い場所にいて欲しいのかもしれないと思っている。

熟考型の東郷には、すぐに白か黒かと結論を出すのは無理だし、多分、性急に関係を進めることも性《しょう》には合わないが、少なくとも春休み中に水瀬と共に映画に行った時には、それなりに楽しかったし、別れ際には名残惜しさすら感じた。

先に肌を合わせることから入ってしまったのは、どちらかというと慎重派の自分にしては失策だったのかもしれないとは思っているが、逆にそうでなければ気づかなかったところ、足を踏み出せなかったところも多々ある。

今さら、それで水瀬を後悔させるような真似もしたくない。

いつまでも屈託のない笑みを見せていてほしいのだと、東郷はプリント越しに水瀬の横顔を見つめていた。

II

新学期が始まって一週間ほどたった日の昼休み、東郷は学食の机の上に持参した弁当を置き、カウンターに並んだ水瀬と伊集院が戻ってくるのを待っていた。

水瀬は早々に早弁で弁当を食してしまっており、伊集院は母親の旅行だかで一昨日から弁当なしというので、つきあって東郷も学食にいる。

急な変容に弱いのは東郷の昔からの性分だが、まだ自分たちの中に浅井のいない感覚に慣れない。

意外にめいめい好き勝手に動いてたように思っていたが、浅井と一緒に話すことも、その陽気な毒舌型の話術も、かなり楽しんでいたことに今さら気づく。

浅井はかなり目敏《めざと》い性格だったので、おそらく東郷が水瀬の告白を受けるよりも前から、その想いを知っていたのだろう。今になって思い返せば、かなり場を取り持ったりしてくれていたようにも思う。

また少し、背が伸びたかな…、と東郷は伊集院と話しながらカウンターに並ぶ水瀬を眺める目を細める。しかし、水瀬の身体つきはあいかわらずすんなりとした青年体型だった。依然、上へ上へと伸びていきそうなしなやかな印象ばかりがある。

多分、ああまでなった以上、最後の一線は越えられるんだがな…、と東郷は髪をかき上げながら、水瀬から目を逸《そ》らした。

最後に浅井が、あいつは前途多難だぜ、男同士でどうやるか知らないとか、ほざいてたもんな、妙なところで天然入ってるよなぁ…とニヤニヤしていたが、確かに、もしかしてまだ知らないかもな…、と性的なことに関しては、水瀬と違って年相応の知識を持つ東郷は、無意識のうちに溜《た》め息《いき》をつく。

四人、あるいは二対二で動きやすかったときに比べ、常に三という数を意識せざるをえなくなってきた、ここ数日、自分でもかなり水瀬を意識するようになってきている。

そうなると逆に、水瀬の横にいる伊集院も同時に視界に入る。

これがまた、東郷にとってこじれたくない相手というのか、あまり敵にもまわしたくない男で、普通に相手が女の子だったら、互いに好みがバッティングしない相手だとわかっているのだが、今回の水瀬がイレギュラーな存在だけに妙に困る。

あんなにもはっきりと、俺の邪魔をしないでくれと言われたのは、東郷にとっては初めての経験だった。伊集院にとっても、あそこまではっきりと誰かを牽制するのは初めてではなかっただろうか。

何もかもが予想外で、見当もつかなくて困る。

もっとも恋愛沙汰《ざた》というのが基本的に予想外で、自分でも自分の気持ちを持てあましたり、ぐるぐる考え込んだりするものなのかもしれないが、これから先のことを考えるとやはり前途多難なのだろうかと思ってみたりもする。

しかし、これはこれで悪くない感覚だった。

思えば、小学校時代に気になる女の子はいたが、中等部からははっきりと誰かを好きだと思うこともないままにやってきた。一時期、休み中に親戚に頼まれて入ったバイトで、二つほど上の女子高生に誘われて関係したこともあったが、結局は互いに深入りせずに終わった。男子校だったので、積極的な異性以外にはほとんど接触がないせいもあったし、東郷自身、家のことでかなり精神的に余裕もなかったので、それを取りたてて不満に思ったこともなかったが…。

きっと、水瀬からのモーションがなければ気づくことはなかったのだろうが、一度気づいてしまうと、どんどん意識せざるをえない。

ましてや、一度腹をくってあんな関係となってしまった以上、交際モラルにおいてはけっこう堅物ともいえる東郷は、逃げるつもりはなかった。

胸が泡立つようで、心許ない。そのくせ、意識のどこかが常に浮《うわ》ついているような感覚だった。

前に賞を取った時の審査員評に、恋愛感情が絵空事めいていて、今少しリアリティに欠けると書かれていたが、確かにこんなむず痒《がゆ》いような想いには、あの話を書いている時には思いあたらなかった。

悪くはないが、一度意識しだしてしまうと、ずいぶん落ち着かないものだと、東郷は考え込む時のクセで、大きな手を口許にあてがったまま、先に運んできた三人分のお茶を眺める。

「今日も、弁当、自分で作ったの？」

伊集院と共に戻ってきた水瀬が、東郷の弁当箱を覗《のぞ》くようにしながら尋ねてくる。

「ああ、母親が早出だったからな」

当番の日には、普段より一時間早く家を出る母親を少しでも手伝いたくて、自分と弟の分の弁当を作るようになったのは中学三年の時からだった。

なかなか皆が持参するような色鮮やかな彩りは出来ないし、凝ったものも作れない。普通に卵を焼いたり、キャベツを炒めたり、ニンジンを甘煮したりといったシンプルな弁当だったが、事情をよく呑みこんでいる弟は文句もいわずに食べている。

「えらいね。俺、いっつもギリギリまで寝てるから、うちのお母さんに蹴り殺されそうになるんだよ。こんなんじゃダメだよなぁ。でも、料理したことないしなぁ…」

「まったく出来ないのも、一人暮らしした時に困るが、いきなり料理はハードルが高いだろう。話聞いてる分には、けっこう手伝ってるじゃないか。もう少し、何か足してみるところからはじめたらどうだ？」

「何か…、えー、ベランダのトマトの水やりとか？」

ちょっと遠い目を見せる水瀬に、伊集院が笑う。

「えらく具体的だね。トマト植えてるんだ？」

「うん、まぁね、お母さんが…。ブルーベリーとトマトと紫蘇《しそ》。あと、茄子《なす》？　何しか、食べるもんばっかだよ、色気ないよな。自家製コルホーズっていうのか、ソフホーズっていうのか」

水瀬は最近、集中的に詰め込まれている歴史用語をとてつもなくいい加減に使う。

「無農薬野菜なんだ、いいね」

伊集院がいつも通りににこやかに微笑む。本当に水瀬にかまいたくてしょうがない、甘やかしたくてしょうがないという様子だ。

東郷はじわりと苦いような、微妙に居心地の悪い思いになった。自分でも表現しがたい微妙な思いで、黙って伊集院を見ていると、伊集院は東郷にもにこやかに笑いかけてくる。

東郷は思わず苦笑した。同時に、牽制相手がこの男でよかったとも思う。怖《おそ》ろしく手強いが、この伊集院の余裕や独特の空気感は好きだ。

「でも、虫がついたら、呼ばれんの、俺よ？　この間なんて、うちのお母さんがものすごい悲鳴上げるから行ってみたら、こ――――んなぶっとい青虫が……」

水瀬はいつものように賑やかに喋《しゃべ》りながら、指の先で虫の大きさを示してみせる。

色気の欠片《かけら》もない話に笑いながら、そんな水瀬の意外なほどの繊細なラインを見せる横顔を、東郷はくすぐったく、どこか甘いような思いで見ていた。


「じゃあ、また明日な」

放課後、結局、また玉造《たまつくり》の駅のベンチでさんざんに喋ったあと、大阪駅まで移動すると、阪急に乗り換える伊集院は、水瀬と東郷の二人に手を上げて東口の改札へ向かう。

賑やかに話していたメンバーがひとり欠ける少しの寂しさと、東郷にとっては心地よくもある伊集院との緊張が解ける開放感、そして、水瀬と二人きりになる楽しさと期待。

幾つもの色石が複雑に混じり合う万華鏡を覗いているような、自分でも次が読み切れない微妙な緊張と期待が重なり、どうとも表現できないままに次々と形を変える。

「行くか」

水瀬をうながすと、こちらも毎日のことながら、ほんのわずかに緊張したような顔を見せ、そして照れたような笑みを作って東郷と並んで神戸線への階段を上がる。

水瀬の利用駅にも停まる普通に乗り込み、空いたシートに座ると、年配サラリーマンがちょうど真ん前のシートに乗り込んできて、スポーツ新聞の官能小説のページをまともにこちらに向けて読みはじめた。小説に添えられた挿絵が前のシートからでもはっきりとわかるほどに目立ち、それがモノクロなだけに妙に生々しい。

一瞬、水瀬はギョッとしたように目を見開き、慌てた様子で目を逸らした。時間的に車内が空いているせいもあって、目のやり場に困ったようにうろうろと視線をさまよわせているのがわかりやすい。

「向こうの席、行こう」

東郷はとっさに水瀬の手を引き、少し離れた別のシートに移った。

「ごめん、目のやり場に困ってたから助かった」

不自然にならないところで手を放したつもりだったが、水瀬は落ち着かない様子で、それでもうっすらと頬を染めて礼を口にする。

制服を着た肩や膝先が触れあうか触れあわないかの、さっきとまったく同じ距離の微妙な位置に互いに座る。空いた電車の中で、同性の友人同士が座るにはかなり近い距離、恋人同士というには、わずかに遠慮がちな距離…、やはりそんな感覚が新鮮で照れくさい。

「いや、俺もあんまり居心地よくなかったから、別にいい」

「あれ、…どんな神経してるんだろ。それとも裏のページに気づいてないのかな」

唇を尖らせる水瀬に、東郷は苦笑する。

「気づいてないこともないだろう。まぁ、狙いは俺達じゃなくて、女の人だろうけど…。でも、わからないな。男狙いもありかも…。露出狂と一緒で、相手の反応見て楽しむ手合いかな？」

「ええっ！　あるか、そんなの？」

水瀬が目を剝く。

「いや、ないわけじゃないぞ。前に伊集院が男に触られたって激怒してたし、俺も電車通学してると妙な気配の奴がいるなと思ったことはある。見かけじゃわからないけど、雰囲気が妙だから何となくわかる」

「え？　東郷狙い？　…え？　それって…」

水瀬は面白いぐらいに赤くなったり、青くなったりする。

「…俺の名誉のために言っておくが、別に何もなかったぞ」

「はい、信じてますから」

まるで棒読みな調子で、水瀬は答える。そんな反応が楽しくて、東郷には珍しくからかい混じりに言葉を続けた。

「いっそ、どうにかなった方がよかったのか？　何を期待されたのかは、わからんが」

「いや、それはちょっと…困る…、俺的に」

水瀬は東郷から視線を逸らしながら、口ごもる。そして、少し子猫が拗《す》ねるような表情で眉を跳ね上げ、口を尖らせた。

「…なぁ、それって俺に対するセクハラじゃないか？」

「ごめん、けっこう水瀬の反応が可愛かったから、からかいたくなった」

確かにセクハラっぽいな、と東郷は薄く笑う。

水瀬は困ったような表情で、黙り込んでしまった。

動き出した電車の中で、またしばらく沈黙が落ちる。前は何とも思わなかったのが、今は互いに言葉のないこの時間がはっきりと意識させられる。

東郷は、黙り込んだ水瀬の横顔を見た。水瀬の表情の中では、特にこの横顔が魅力的だと思う。長い前髪が影を落とす横顔に、少し幼いような雰囲気と、独特の潔癖さ、普段の口数の多さとは異なるアンバランスな繊細さが覗く。

尼崎《あまがさき》の駅で乗り継ぎがあったのか、多くの人が乗り込んでくる。さっきの中年サラリーマンの前にも会社の若い営業同士が乗り込んできて、目の前の男の持つ新聞など目にも入っていないような勢いで、上司の悪口らしきものを大声で喋り出す。見ていると、サラリーマンはそそくさとスポーツ紙をたたみ、次の駅で電車を降りていった。

「…やっぱり、男じゃなかったのかな？」

それを横目に見ていた水瀬が、不思議そうに首をひねる。

「とりあえず、挙動不審なことは確かだな。あの二人、妙な勢いあるから、突っかかられたくないと思って逃げていったのかも」

東郷は答える。そして、水瀬が下りるまであと二駅だなと思い、ちょっと今の時間が惜しいような気持ちになって、水瀬を見た。

「…何？」

不思議そうに見上げてくるのが何とも可愛く思えて、東郷は再びからかうような笑みを口許に浮かべる。

「今日は誘わないのか」

「あれは…！」

本当に他愛もない問いのつもりだったが、水瀬は目を見開きかけ、すぐにあれはごめん…、と口にする。

「急がないから…」

水瀬は少し照れが混じったような表情で、前髪を触りながら答える。

「ごめん、馨のこともっと知りたいし、もっと色々話してみたいし、俺についても知って欲しいと思ってるし…。焦んなくてもいいのかな、少しずつでもいいのかなって思って…。まぁ、それは俺ばっかりのひとり相撲だったら切ないわけだけど」

水瀬は目にかかるほどの長い髪を何度もかき上げ、考え、考えしながら喋る。

「ひとり相撲じゃない。それは間違いないと思ってもらっていい」

「…え？」

頬を染めていた水瀬は、急には頭が切り替わらないのか、まともに東郷の顔を見上げてくる。

「もっと知りたいと思ってる。どうやったら喜ぶのかなとか、笑ってて欲しいなって思ってる。あと、今日は…」

伊集院に妬きかけたと言いかけ、東郷は口をつぐむ。

「…まぁ、それはいい。そうだな、少しずつでいい」

東郷の言葉に、水瀬は急にひどく申し訳なさそうな顔となり、何度も瞬きした。

そのあたり、水瀬は少し笑えるほどに思いが表情に出るので、あっという間に東郷に感じているらしききやましさがわかってしまう。

「どうした？」

「いや、浅井がさっ…、いや…」

勢い込んで言いかけた水瀬は、途中で自分の口を押さえる。

「浅井が何だ？」

どうも自分たちの仲をかなり面白がっていたらしい悪友の名前に、東郷は首をかしげる。

「…いや、ごめん…、悪く思わないで欲しいんだけど…」

「だから、何だ？」

重ねて尋ねると、水瀬はたちまち耳許まで真っ赤になって、蚊《か》の鳴くような声で答えた。

「東郷のこと…、見かけ以上のムッツリスケベだからって…」

「…何？」

東郷は眉を寄せたものの、すぐに浅井がさも大仰に吹き込んだだろう水瀬への言葉を思うと、逆におかしくなって吹き出してしまう。浅井のことだ、一を十に言うような勢いで、水瀬をからかい倒したことだろう。

「え？　それ、笑うとこ？」

え、え…？…、と目を見開く水瀬に、東郷はなおも笑った。

「俺は普通に年相応だと思う。浅井は行き過ぎ。あいつこそ、普段はチャラケてるけど、俺なんか足元にも及ばないほどにエグいこと知ってる。あいつはひとり百物語も出来るけど、猥談《わいだん》も百ぐらい平気で話すぞ。それに伊集院は…」

「伊集院は？」

弾みで口にした名前に、水瀬が怯えたような顔を見せるのに、東郷は笑って首を横に振る。

「俺が伊集院のこと、あいつのいないところでとやかく言うのはフェアじゃないだろ？」

「え？　何で？」

きょとんとした顔になる水瀬に、確かにこれは前途多難だと、東郷は浅井の言葉を思い出し、苦笑する。

この、ちょっと面白いほどの鈍さが、また水瀬の可愛らしいところ、憎めないところでもあるのだが、これはこれでけっこう罪作りだなとも思う。

自分は口が立たない分、雰囲気で察してくれる相手の方がありがたくもあるのだが、不思議と水瀬の可愛らしい鈍さは愛《いと》おしい。

もっと頑張って、自分の想いや考えを、少しずつでも伝えていかなければならないのだなという気にさせられる。

「で、俺がムッツリだから、浅井は何て？」

「…いや、おまえなんか足腰立たなくなるまでガタガタにされっぞ…って。…俺、意味がわかんなくて…」

「意味がわからなくて？」

「…あれ以上、どうすんのかなって…、ちょっと父親のパソコン借りて検索して…」

携帯のパケット量に制限があるという水瀬は、どうも父親のパソコンを拝借してその意味とやらを調べてみたらしい。

東郷は思わず、声を低めて尋ねた。

「それ…、おまえ、検索履歴消したか？」

「…え？　検索履歴？」

水瀬はきょとんとした顔になる。

「普通のエロサイトぐらいなら、親父さんも普通に目をつぶってくれるだろうけど、それはちょっと…。検索の時、ちょっとした弾みで、検索履歴のところをクリックするなんて、よくあるぞ」

「ええっ！　えええっ！　ええええええええ――――っ！　俺、すっごいサイト見ちゃったよ！」

どんなサイトの何を見たというのか、水瀬は周囲の乗客が振り返るほどの声を上げる。

東郷は思わず額に手を当て、重く長い溜め息をついた。

まだまだ、前途は多難だ。

でも、電車の窓の向こうの空は、気持ちのいいぐらいの青さだった。

あとがき

かわいです、こんにちは。この度は手に取っていただいてありがとうございます。今年に入って、立て続けに学園ものを出しておりますが、実は過去、学園ものはほとんど書いていないので、逆にここしばらく続いているのが自分では驚きだったりします。

以下、ネタバレも含みますので、まだ本文を読まれてない方は、ご注意ください。

この本はなんと、一九九六年発行…、今から十年以上も前、デビュー間もない頃のノベルズ用完全書き下ろしの話です。学園ものが全盛だった頃ではないでしょうか。今となっては、何の罰ゲームか羞恥プレイかというぐらいにお恥ずかしい。しかも拙い…。

直しながら読み返す途中、何度か泣きそうなったり、背筋の寒さから叫びそうになったり、恥ずかしさのあまり悶絶死しそうになったりしました。もう、全力でかっ飛ばしすぎてて、どこから手をつけてよいのかわかりません。青い、青い、青い、恥ずかしいっ。

そして、最後まで読み終えて思ったことは「なんでこの展開で、伊集院とひっついてないの？？？」という疑問で、「しかも、最後、決着ついてないんですけど？」…と、多分、ほとんどの方と同じ感想ではないかと思います。呆然とした挙げ句に、これはどうしたものかと、かなり途方に暮れました。

あと、九六年当時って、携帯はあったけど、まだポケベルやレーザーディスクがあったんですね。この辺りの微妙な時代感も含めてかなり訂正してみたのですが、なかなか悪文は直りません。

それに何より、この怖いぐらいに恥ずかしい場外暴投な展開も、場外過ぎて、今さらテコ入れも出来ないし、どちらかとひっつけようとすると、話も大学か社会人になってからの話になって、あと一冊分ぐらい書き足さねばケリがつけられません。

結局、読み終わってしばらくしてみると、この時代のどちらとも確定事項ではないこの不安定さも好きだ…という、開き直りに近い思いに至ってしまいました。もしかして、まったく進歩がないのかもと、今、ちょっと心配です。

なので、書き下ろしは、甘酸っぱいような今後への期待を込めて、浅井が旅立ったあとの東郷と水瀬の話にしてみました。

浅井のＩＱですが、現行は一六〇以上になると測定不可能とされている上、最近では知能指数の定義自体が非常に曖昧なもの、知能をはかる物差しのひとつでしかないとされているそうですので、その辺はまぁ、どえらく頭のいい、それを少し寂しく思っている子と考えていただけると助かります。

でも、頭のいい人って憧れますよね。成績はもう、この歳になるとあんまり関係なくなってきますが、それ以上に視野の広い人、ものごとを非常に合理的に、あるいは多面的に捉えられる人、分析能力の高い人、構成力に優れた人…、一度、そういう人の視点に立って、世界を見てみたいなと思います。世界はよりクリアに、手に取るように見えるのか、今までわからないと思って、手もつけなかったものが鮮明にわかるようになるのか、それとも、見えるようになった分、やはり混沌とした割り切れないものが増えるのか…、結局は、やっぱり疲れるかもしれないから、今ぐらいにのんべんだらりと暮らすのがいいのかも、というような結論に落ち着いてしまうあたり、ちょっと情けないですけど。

今回、金さんに新しく表紙を描き下ろしていただきました。文庫表紙に四人はサイズ的に厳しかったそうですが、無理いって四人入れてもらってごめんなさい。でも、本当にこの初々しい青っぽさがたまりません。水瀬の髪が本当に柔らかくて繊細な色味で、しばし感動しました。本当にありがとう、ありがとうです。

前の表紙もやんちゃっぽくて大好きだったので、今回、カラー口絵に再録していただいてます。これがすごく嬉しいです。ぱっと見、誰と誰がひっつくのか予想できなかったと何人もの方に言われた、伝説の表紙ですよ。この空気感がたまらんです。

担当のO本様も、こんな古い作品に再び日の目を見せていただけて、ありがとうございました。いい加減な進行で、本当に申し訳なかったです。色々お世話になりました、そして、引き続きよろしくお願いします。

そして、今、この本を手に取っていただいてる方にも、ありがとうございます。初めての方も、そして古い本をご存じの方にも、少しでも楽しんでいただければ幸いです。一緒に首のあたりがムズムズするような痒さを味わっていただければ、わたくしも本望にございます。


最後に、あんまりバカ話で、本編直後につけるのはどうかと思った書き下ろしが、このあとにございます。恋愛要素なんて、微塵もございません。ただの四人の高校生が、冬休みにバカ企画をやるお話です。主人公は浅井。もしかして、あんた、世界征服とか企んじゃってる？…なノリの話ですので、そういうのがお嫌いな方は、ここでおしまいにしていただいた方がいいんじゃないかなと思います。

それでも、オーケーという方はぜひどうぞ！

それでは、ここまでの長いおつきあい、どうもありがとうございました。また、次にお目にかかる機会がありましたら、どうぞよろしくお願いします。

二〇〇八年八月　かわい有美子

神聖浅井帝国

「集まってもらったのは、他でもない」

　高校二年の冬休み、正月三箇日《さんがにち》を過ぎて、休み明けまであと数日となった日、浅井亭《あさいとおる》は自宅のリビングで両腕を組み、ラフな私服で集まった水瀬《みなせ》、伊集院《いじゅういん》、東郷《とうごう》の面々を満足げに見まわした。

「他でもないって、昨日、ホッケーの試合行ったばっかじゃないか」

　まさに昨日、アイスホッケーの国際大会で、浅井と共に異様なまでに盛り上がった水瀬が頭をかきながらぼやく。よく暖房の効いた部屋なので、暑がりの水瀬はすでにシャツにジーンズだけの軽装になっていた。

「それはスポーツ、これは神聖なる男の遊びだ」

　浅井は大きく胸を反らす。

「スポーツって言っても、昨日のは観戦だろ？　スポーツしてないし、全然身体動かしてないよなぁ。何だかんだで、浅井ってあんまり動くの好きじゃないよね？」

　水瀬は出されたコーラのグラスを口に運びながら、浅井を横目に眺める。

「黙れ、猿。偉大なる頭脳戦の前に、ガタガタ言うな」

「頭脳戦って、チェスとか将棋とか？　俺、将棋はまだそこそこいけるけど、チェスは全然わかんないよ。ルール似てるって聞いたけど…。でも、四人だからトランプ？」

「人の話を最後まで聞け」

浅井は水瀬の言葉を短く遮る。

「とりあえず、チェスだ。二対二のチームに別れての対戦。それもただのチェスじゃない」

浅井は事前に二階の自室から運び込んでおいた、二箱ほどの段ボールをソファーの横に置く。

浅井がおもむろにその中から取りだした箱に、水瀬は歓声を上げた。

「おお！　レゴ？　懐かしい！　レゴってさぁ、俺、子供の時に持ってたよ。カラフルなブロックだろ。ブロック」

「おぅ、話わかるな。これが指先と知力をまんべんなく駆使する、クリエイティブな創作物なわけよ」

「へぇ、これ、なんかのキットなの？」

水瀬はオモチャを前にした子供のそのものの表情で、浅井の取りだした箱を嬉々《きき》として受け取る。

「重っ！　絵が中世のお城っぽいな。デカい箱〜。これさぁ、馬とかナイトとか入ってんの？　ドラゴンみたいなのも描いてあるけど」

「もちろん入ってる。これはトロールが出てくる」

「トロールって、ロード・オブ・ザ・リングに出てきた、あの不細工なゴツい化けもん？　それとも、ムーミン？　…ムーミンは違うか。ムーミンはカバだっけ？」

救いを求める水瀬に、東郷は伊集院と一緒になって箱のイラストを眺めながら答える。

「ムーミンはムーミントロールであってる。カバじゃない。ムーミン一族だ。妖精に似た生き物らしい」

「あ、やっぱ、カバじゃないんだ」

「正確にはコビトカバに似ているらしい。でも、カバに間違えられて怒ってる。『似て非なるもの』かな？」

東郷の説明に、水瀬は胡乱《うろん》な目つきとなる。

「…もう、この際、本人の意思は無視して、カバでいいんじゃない？　どうせ、皆、カバだと思ってるんだからさ」

水瀬は世界中で愛される偉大なる北欧の生き物に対して、怖《おそ》ろしく無礼な発言をする。

「見ろよ、馨《かおる》。これ、投石機《カタパルト》入ってる」

カタパルトセットを見て、伊集院と東郷はやり過ぎじゃないかと、肩を寄せ合って笑う。

「よく出来てるな。こっちはカタパルトディフェンスだ」

そこに水瀬が、小ぶりな人形の入った箱を手に、興奮した声を出す。

「あ、これ、すごい可愛《かわい》い！　いたいた、こんな人形。俺も持ってた！　でも、これ、騎士の格好してる。馬もあるんだ。いっちょ前に兜《かぶと》つけて盾持ってるよ、生意気ー。よく出来てるー」

「フィグっていうんだよ、その人形。見ろよ、王様や魔法使いもある。あと、ドクロ戦士」

しかし、浅井が喜び勇んで次から次へと取り出すレゴの箱に、徐々に水瀬の声がげっそりと呆れたものになってくる。

「うわ、オタクだ。すげー、本物のオタク。いくつ持ってんだよ、似たようなキャッスルシリーズばっかり…、よくもこんなに揃えたな」

「オタク言うな。コレクターと言え。これだから、モノの価値のわかんねー、ド素人はよ！　すごいんだぞ、これ。これは、もう日本じゃ、全然、手に入らなくて、海外のオークションサイトで買ったんだからな。こっちは、うちのおじさんを拝み倒して、ヨーロッパ出張の時に買ってきてもらった限定品。どれもマニア…、もといコレクターが見れば、泣いて喜ぶ垂《すい》涎《ぜん》の品なんだぞ、わかってんのか！」

胸を反らす浅井の言葉を最後まで聞かず、水瀬は箱を矯《た》めつ眇《すが》めつして見る。

「なぁ、これ、全部ブロックで作れんの？　本当に作れんの？　ちょっと開けてもいい？」

「だからおまえは、聞けよ、俺の話をよ！　今、開けるから待て！　箱に傷つけんな」

勢いでバリッといってしまいそうな水瀬の手から、浅井は箱を取り返し、カッターを使って慎重に開封する。

「あー…、なんだ、城っていっても、ブロックじゃないんだ。パーツが入ってるんだ。そりゃ、ブロックでこれ全部作れたらすごいけど…」

ですよねー…、などと少しトーンの下がった水瀬に、浅井は言い放つ。

「作るんだよ。これはパーツ取り用に開封したんだ」

「へ？」

「このレアグッズのお宝を、今から完全レゴブロック製のチェス盤制作とそれに伴う、疑似戦闘用の城を造るために、わざわざ俺様が景気よく開封したんじゃないか」

「城を造るって、え？　疑似戦闘って何？」

すぐには呑み込めないような水瀬と、けっこう興味深げな顔を見せる東郷と伊集院の前に、浅井はプリントアウトして綴《と》じた、幾つものファイルを配る。

「そうだ、俺が冬休み中にＣＡＤを駆使して、この日のためにチェス用のスケール二メートル越えの城のオリジナル立体図面を作成してやったんだ。

見ろ！　ちゃんと塔つき、王座つき、トロールを放てる檻《おり》つき、後ろには馬屋もあったりなんかする。宝部屋あり、監獄、尋問部屋あり。坊主のためには、祈禱《きとう》室もあり。クィーンのための化粧室あり。見ろ、ド素人にもわかるように、作成図面もこうしてわかりやすく打ち出してファイリングしておいた。さぁ、かかってこい！」

「うわぁ、才能の無駄遣い…っていうか、頭のいい奴って、本気で何するかわかんねぇ…。

時間はもっと有効に使おうよ」

浅井の手渡したファイルを眺め、水瀬は呟く。

なぁ、と口を開いたのは東郷だった。

「クィーンの控え室や、宝部屋っていうのは、チェスには必要ないんじゃないのか？」

「よくぞ言ってくれた、それは単に俺の趣味だ。城を組むだけじゃ、面白くないかと思ってな。中世の城の造りを解析して、十三世紀から十四世紀頃の城に近い環境と外観とを、俺なりにかなり忠実に再現してみた」

「なるほど」

東郷は納得したのか、諦《あきら》めたのか、どちらとも取りがたい表情で頷いた。

「んで、こっちがこの日のために正月のトイザらスの福袋で大量にゲットしてきた、築城のためのレゴブロックだ」

浅井はさらに部屋の隅に積んであった、段ボールを机の横に運んでくる。

「うわ、本当にブロックばっか。グレイやベージュって、きれいに色分けまでしてあるのか」

呆れたような感心したような声で、水瀬は呟く。

「ふふん、偉大なる俺の王国に挑む愚民どもめ。俺様がメッタメッタのギッタンギッタンのグッチョングッチョンにしてくれるわ！」

金の冠を被った王様仕様のフィグを片手に、はははははは…、と高笑いする浅井の横で、水瀬が口許を覆って隣の伊集院を見る。

「…わぁー、超ヤバいヒト発言じゃない？」

「うるさい、愚民。つーか、家臣『その壱《いち》』め」

「家臣って、俺が家来なこと、前提なわけ？　てか、名前もついてねぇ。『その壱』ってなんだよ、せめて名前で呼べよ」

「な・ん・で、そんなに適当なんですか？　フォンって、ドイツの爵位か何かだろ。いくら俺が世界史弱いからって言ってても、それぐらい知ってる。なのにトモヒローノって、なんかえらくフランスちっくなんですけど」

「んじゃ、トモヒロッノ・フォン・ミナルッセぐらいにしとけば？　しょうがないから、爵位ぐらいやるよ、ナイト爵。トロールに切り込む切り込み隊長な」

「このゴツい化けもん？　いや、普通に切り込んだら、死ぬっしょ？　おまえ、俺を殺す気？」

はぁ？…、とかなり真剣に目を剝く水瀬に、浅井は怖ろしく上機嫌な笑い声を上げ続ける。

「戦場《いくさば》では、死して屍《しかばね》を拾うものなし」

「嫌です、そんな王様。仕《つか》えたくないし。どうせなら、俺、伊集院か東郷と組むよ」

頰を膨らませ、ソファーに腰掛ける伊集院と東郷との間に割り込む水瀬を、王様を手にしたままの浅井はにんまり笑って見下ろした。

「おまえ、チェスのルール知ってんの？」

「いや、知らない。でも、駒の動かし方は似てるんだろ？　それさえ、教えてくれたら…」

水瀬、水瀬…、といつも水瀬を甘やかす伊集院が、横からやさしく呼ぶ。

本当にいつも、笑っちゃうぐらいに甘いねぇ…、と浅井はそんな優男の友人を眺めた。

「水瀬、チェスは相手から取った駒を使えないんだよ。だから、終盤に向かうに従って駒数もどんどん減ってくるし、もとの駒数が将棋よりも少なくて盤が小さい上に、駒の数が増えないから、捨て駒や囲いっていう戦法も使えない。基本が消耗戦なんだ」

「あ、そうなんだ。俺、けっこう囲いは祖父《じい》ちゃん仕込みで得意なんだけどな」

うーん…、と唸る水瀬に、東郷がその先を続ける。

「あと、駒が将棋よりも攻撃力が高い。機動性が高いっていうのかな。狭い盤の上で、より戦闘力の高い駒で潰し合う。そういうパワーゲームだ。あまり、守りの概念がない」

「守らないんだ、へぇ…。まぁ、俺、あんまり守りは得意じゃないからいいけど」

水瀬が神妙な顔をして頷くのに、伊集院はあとを受ける。

「それと、これが一番大事なことなんだけど、俺と馨はチェスやると、引き分け《ドロウ》になることもけっこうあるんだ。まぁ、勝ち負けがついても、俺と馨とだとそう大きな実力差がないところが浅井には…」

ね…、と伊集院は浅井に向かって笑いかけてくる。

「今まで二人とも一度も勝てたことがないんだ。浅井の実力を五とすると、まぁ、俺達は三ぐらいだと思ってもらった方がいい」

「んなこたないよ。四ぐらいは行くだろ?」

それでも自分の絶対的勝利を確信している浅井に、伊集院は珍しく挑戦的な目を向けてきた。東郷も黙ってはいるが、引く気はないような顔をしている。

「まぁ、そういうわけで、ビギナーの水瀬が組むなら、必然的に浅井とってことになるんだ。ごめんね」

伊集院の言葉に、水瀬は浅井の横へと戻ってくる。

「なんか、あんま納得はいかないけど、まぁ、わかった。オッケー、王様、これからどうするよ」

「よし、俺は神聖浅井帝国の正当なる継承者にして、第五代目の帝王な」

浅井は嬉々として名乗りの声を上げる。

「さっき、王国って言ってなかった?」

冷静に突っ込む伊集院を、浅井は丸眼鏡の奥から睨んだ。

「帝国に変更だ。第三回十字軍の際に帝国の騎士を保護するために設立された…、あー、その辺はもうなんか適当でいいわ。とりあえず、俺が守る側で、伊集院が攻めてくる側でいいぜ。伊集院先攻」

「俺が後攻でいいって言ったら？」

「いいの？　俺、アグレッシブに攻めちゃうよ。攻城戦とか好きだし」

「なるほど。座して待つのは好きじゃないんだ。じゃあ、先攻させてもらおうかな。ただし、辺境の蛮族扱いされるのは納得いかないから、百年戦争みたいに間の小国の王位継承権を巡る戦いっていうのはどう？」

伊集院の提案に、浅井はパンと手を打つ。

「いいね、その設定気に入った。双方の戦いに分がある、それでいこう」

「じゃあ、うちは騎士団連合公国で。どう、馨？」

「それでいい。連合公国の元首っていうのは、何人かの公爵間で持ち回りで治めると考えていいのか？」

東郷は表情を変えないままに、妙に細《こま》かく冷静な質問を返す。

「持ち回り制でもいいし、合議制でもいい。合議制の方が専横を抑えられて、より開かれてる感があるけど、実際には集まって毎回会議するのって、あまり現実的じゃないよね。領土が広いと、特に」

「三年ごとの持ち回り制ぐらいがいいんじゃないか？　今回は伊集院が元首でいい。俺はあまり表に立つのは得意じゃないし」

東郷が律儀に設定をプリントアウトされたものに書き留めるのを、浅井は面白そうに眺める。

「なーんか、おまえら、妙に凝った設定じゃない？　まぁ、俺の国は俺が絶対君主でいいんだけどね。連合公国なんて、絶対に離間《りかん》を謀《はか》られるって。俺、まず、それを考えるもん」

「今回は各騎士団を従える、公爵位を持つそれぞれの騎士団長が連合した国と考えてる」

甘くやさしげな顔をして、実のところはかなり負けず嫌いの伊集院がにこやかに説明する。

「シミュレーションゲームなら離間の計もありだろうけど、今回はチェスゲームだ。俺達が強調したいのは、連合国っていう点じゃなく、俺と馨が立場的に対等ってことだ。ようするに、どちらもブレーンで、どちらも指揮権がある」

はっきりしたアクションつきで説明する伊集院に、浅井はにんまり笑ってみせた。

「いかにも騎士道精神って感じだし、対等っていうのを押してくるのもいいんじゃないの？その騎士道精神、ゲームでも発揮してくれるといいんだけどねぇ」

「騎士道精神じゃ、飯は食えないからね」

浅井の挑発に、伊集院も笑って返す。

ほーら、やっぱりこいつ、けっこう熱いよ…、と浅井は自分も俄然《がぜん》乗り気になりながら、取りだしたばかりの凝った造形の黒のドラゴンを手に取る。

「おっと、このドラゴンはこちらでいただいておく」

伊集院はちょっと意地の悪い笑みを見せ、浅井の手の中からドラゴンを奪った。

「いや、これ、俺様のペット予定なんですけど。ちゃんとドラゴン用の飼育檻も設計してあるんですけど」

「トロールがいるだろう？　それ、ペットにしときなよ。俺達、竜騎士団でやることにするから。な？　馨」

同意を求められた東郷は薄く笑い、伊集院との怖いぐらいの連携を見せる。

「浅井が神聖浅井帝国っていうなら、こっちは聖竜騎士団連合公国っていうのは、どうだ？」

「いいね、それ。格好いいじゃない？」

伊集院は東郷の肩に軽く腕を引っかけ、満足そうに笑う。

「何か、おまえら熱くない？　ってか、聖竜騎士団って、えらくカッコよくないか？　国の名前、トレードしない？」

「いや、貴公は絶対君主でいらっしゃいますから。連合公国なんて、とんでもない。高校卒業しても、語り継ぐよ、『神聖浅井帝国』って」

伊集院がさらりと笑顔で浅井の申し出をかわすのに、パーツをより分けていた水瀬が泣き言を漏《も》らす。

「ねぇ、何で皆、めちゃめちゃそんな乗り気なわけ？　こんな図面通りに城作ってたら、絶対、今晩家に帰れないって。チェス、今晩中に始まらないだろ？」

「まぁ、チェスはおまけみたいなもんで、本命は城造りと疑似戦闘だ。実際にカタパルトは岩飛ばせるからな。破城槌もあるし、攻城塔もある。色々遊べるぞ」

浅井は幼い頃から馴染んだレゴのブロックで、手際よく土台を組みはじめながら答える。

「それに今晩、おまえらが泊まってくって、もう、うちの母親に言ってあるから」

「ええっ、俺、まだ冬休みの課題の英語読解の本、半分も読んでないんですけど」

「そんなもん、中に書いてあること教えてやるから、適当にちゃちゃっとレポート書けよ」

「レポート書けよって、英語じゃねぇか。感想もおまえ書いてくれるんなら、徹夜でこの城だって作ってやるよ」

「おう、書いてやる、書いてやる。おまえ、絶対、俺に書かせたら読み返さずにそのまま出すだろうから、感想ちゃちゃっと書いて、あとは『冬休みの僕のチョメチョメ日記』とか英語で書いといてやる」

「何てことするんだよ。…ていうより、チョメチョメ日記って、いつの時代のヒトですか？ナウなヤングと同じ香りがするよ」

「ふーん、読解の本、何て書いてあったか聞きたくないのか？」

「いや、手伝うから。とりあえず、それだけ教えて」

何だかんだ言って、英語の原書を読まされるよりも、徹夜で目の前のブロックで造ったこともない大きな城を造るということに引かれるのか、水瀬は子供っぽい笑みを見せた。

これまで誰にも触らせたことのない秘蔵コレクションを、友人の前に惜しげもなく放出した浅井は、自身もいつになく子供っぽい満足げな顔で頷いた。

✦初出　未成年。……………ビーボーイノベルズ「未成年。」（1996年12月）
空のプリズム………書き下ろし
神聖浅井帝国………書き下ろし

かわい有美子先生、金ひかる先生へのお便り、本作品に関するご意見、ご感想などは
〒151-0051 東京都渋谷区千駄ヶ谷 4-9-7
幻冬舎コミックス　ルチル文庫「未成年。」係まで。

幻冬舎ルチル文庫

未成年。

2009年8月20日　第1刷発行

✦著者	かわい有美子　かわい ゆみこ
✦発行人	伊藤嘉彦
✦発行元	株式会社 幻冬舎コミックス 〒151-0051 東京都渋谷区千駄ヶ谷 4-9-7 電話 03(5411)6432［編集］
✦発売元	株式会社 幻冬舎 〒151-0051 東京都渋谷区千駄ヶ谷 4-9-7 電話 03(5411)6222［営業］ 振替 00120-8-767643
✦印刷・製本所	中央精版印刷株式会社

✦検印廃止

ISBN978-4-344-81743-2　C0193　Printed in Japan

「幻冬舎ルチル文庫」

大好評発売中

【不機嫌で甘い爪痕】

崎谷はるひ　イラスト▼小椋ムク

大手時計宝飾会社に勤めている羽室謙也は、ゲイと噂のひとつ年上の契約デザイナー・三橋颯生の仕種や雰囲気の色っぽさに、うろたえ混乱しながらも惹かれていた。そしてついに颯生に告白する。謙也を密かに気に入っていた颯生は、その告白が興味本位なものだと思い落ち込みながらも、「試してみるか」と思わず謙也を挑発してしまい……!?　待望の文庫化。

600円（本体価格571円）

【ハニービート】

神奈木 智　イラスト▼麻々原絵里依

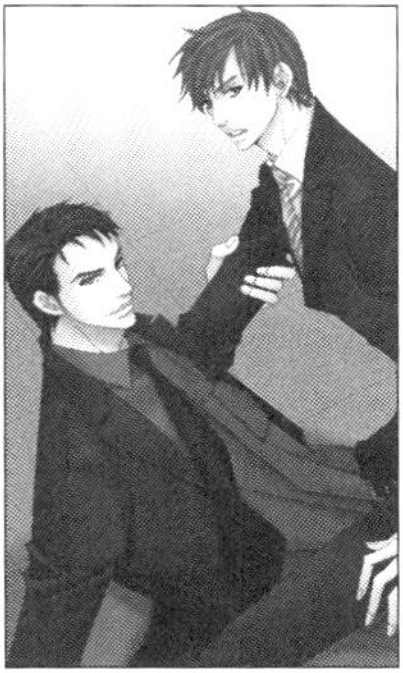

腕利きのボディガード・如月花の前に、臨時の相棒として二年前までコンビを組んでいたユンが現れた。当時、綺麗な外見に似合わぬ激しい性格の花を、三年かけて口説き落としかけていたユンは、花を庇って怪我をしたのを機に突然姿を消していた。思わぬ再会に動揺する花だが、相変わらずアプローチを掛けてくるユンの本心が分からず——!?　待望の文庫化!!

600円（本体価格571円）

発行●幻冬舎コミックス　発売●幻冬舎

「幻冬舎ルチル文庫」

大好評発売中

「帰る場所」

椎崎 夕

イラスト▼竹美家らら

室瀬玲一は姉の形見の喫茶店を営みながら、姪・桃子を育てている。ある朝、店の前に男が行き倒れていた。男を家に上げ、介抱する玲一。その男・西崎征一は、七年前に姿を消した桃子の父を思い出させ、玲一はいい感情を抱けない。そんな折、地上げ絡みで嫌がらせを受ける玲一達のもとに桃子の祖父の使いが現れ、桃子を引き取るといい……!?

620円（本体価格590円）

「宵月の惑い ～桃華異聞～」

和泉 桂

イラスト▼佐々成美

義兄への秘めた恋に疲れた雨彩夏は、桃華郷で男妓・聚星に抱いてもらい癒されていた。しかし聚星は男妓を辞め旅立ってしまった。再び訪れた桃華郷で、瑛簫という男妓を水揚げすることになった彩夏。瑛簫は元僧侶で、寺の借金のため、自ら桃華郷に来たという。瑛簫に抱かれるうち、男妓としてではなく瑛簫自身に惹かれていく彩夏だったが……。

620円（本体価格590円）

発行●幻冬舎コミックス　発売●幻冬舎